Iwan Sergejewitsch Turgenjew
Klara Militsch

Иван Сергеевич Тургенев
Клара Милич

Turgenjew, Iwan Sergejewitsch/Тургенев, Иван Сергеевич

Klara Militsch/ Клара Милич

zweisprachige Ausgabe/двуязычное издание

ISBN: 978-3-86267-158-8

Auflage: 1
Erscheinungsjahr: 2011
Erscheinungsort: Bremen, Deutschland
Cover: Ausschnitt aus dem Gemälde von Wladimir Makowski „Mädchen im Flora-Kostüm".

Europäischer Literaturverlag GmbH, Fahrenheitstr. 1, 28359 Bremen (www.elv-verlag.de).

Klara Militsch

Клара Милич

www.elv-verlag.de

I

Im Frühjahr 1878 lebte zu Moskau in einem kleinen hölzernen Häuschen in der Schabolowka-Vorstadt ein junger Mann von etwa fünfundzwanzig Jahren, namens Jakow Aratow. Mit ihm wohnte seine Tante, Platonida Iwanowna, die Schwester seines Vaters, eine alte Jungfer von einigen und fünfzig Jahren. Sie besorgte den Haushalt und verwaltete seine Kasse, wozu Aratow selbst nicht das geringste Talent besaß. Andere Verwandte hatte er nicht. Sein Vater, ein nicht sonderlich reicher Edelmann aus dem T-schen Gouvernement, war vor einigen Jahren mit ihm und mit Platonida Iwanowna, die er übrigens immer Platoscha nannte, nach Moskau übersiedelt; auch der Neffe nannte sie nicht anders. Der alte Aratow hatte sein Gut, auf dem er bis dahin ständig gelebt hatte, verlassen, um seinen Sohn, dem er den ersten Unterricht selbst erteilt hatte, in die Moskauer Universität zu geben. Er kaufte sich halb umsonst ein Häuschen in einer der entlegeneren Straßen und richtete sich darin mit allen seinen Büchern und »Präparaten« ein. Von denen hatte er aber eine ganze Menge, denn er war ein Mann, dem die Gelehrsamkeit nicht fremd war, oder ein »geborener Kauz«, wie sich die Nachbarn ausdrückten. Sie hielten ihn sogar für einen Zauberer und nannten ihn scherzweise »Insektenbeobachter«. Er befasste sich mit Chemie, Mineralogie, Entomologie, Botanik und Medizin und behandelte freiwillige Patienten mit Kräutern und Metallpulvern eigener Erfindung nach der Methode des Paracelsus. Mit diesen selben Pulvern hatte er seine hübsche, junge, aber gar zu schmächtige Frau, die er leidenschaftlich liebte und von der er den einzigen Sohn hatte, ins Grab gebracht. Mit den gleichen Metallpulvern ruinierte er auch die Gesundheit des Sohnes, während seine Absicht war, sie zu kräftigen, da er in Jakows Organismus eine von der Mutter ererbte Anämie und Neigung zu Schwindsucht gefunden zu haben glaubte. Den Spitznamen »Zauberer« verdankte er unter anderm auch dem Umstande, dass er sich für einen Urenkel – natürlich nicht in gerader Linie – des berühmten Bruce ausgab, dem zu Ehren er seinen Sohn Jakow

I

Весной 1878 года проживал в Москве, в небольшом деревянном домике на Шаболовке, молодой человек, лет двадцати пяти, по имени Яков Аратов. С ним проживала его тетка, старая девица, лет пятидесяти с лишком, сестра его отца, Платонида Ивановна. Она заведовала его хозяйством и вела его расходы, на что Аратов совершенно не был способен. Других родных у него не было. Несколько лет тому назад отец его, небогатый дворянчик Т...й губернии, переехал в Москву вместе с ним и Платонидой Ивановной, которую, впрочем, всегда звал Платошей, и племянник так же ее звал. Покинув деревню, в которой они все до тех пор постоянно жили, старик Аратов поселился в столице с целью поместить сына в университет, к которому сам его подготовил; купил за бесценок домик с одной из отдаленных улиц и устроился в нем со всеми своими книгами и "препаратами". А книг и препаратов у него было много – ибо человек он был не лишенный учености... "чудак преестественный", по словам соседей. Он даже слыл у них чернокнижником; даже прозвище получил "инсектонаблюдателя" Он занимался химией, минералогией, энтомологией, ботаникой и медициной; лечил добровольных пациентов травами и металлическими порошками собственного изобретения, по методе Парацельсия. Этими самыми порошками он свел в могилу свою молоденькую, хорошенькую, но уж слишком тоненькую жену, которую любил страстно и от которой имел единственного сына. Теми же металлическими порошками он порядком попортил здоровье также и сына, которое, напротив, желал подкрепить, находя в его организме анемию и склонность к чахотке, унаследованные от матери. Имя "чернокнижника" он, между прочим, получил оттого, что считал себя правнуком – не по прямой линии, конеч-

getauft hatte. Er war, was man so nennt, eine Seele von einem Menschen, hatte aber ein melancholisches, schüchternes und schwerfälliges Temperament und eine Neigung für alles Geheimnisvolle und Mystische. Ein geflüstertes »Ah!« war seine gewöhnliche Interjektion; mit diesem »Ah«! auf den Lippen gab er auch, zwei Jahre nach seiner Übersiedlung nach Moskau, den Geist auf.

Sein Sohn Jakow hatte keine Ähnlichkeit mit dem Vater, der unschön, plump und ungelenk gewesen war; er erinnerte eher an die Mutter. Er hatte ihre feinen, anmutigen Züge, ihre weichen, aschgrauen Haare, die gleiche geschwungene Nase, die gleichen vollen kindlichen Lippen und großen grünlich grauen, etwas verschleierten Augen unter dichten Wimpern. Im Charakter glich er dafür mehr dem Vater; und sein Gesicht, das dem des Vaters sonst unähnlich war, zeigte doch dessen Ausdruck. Er hatte auch die knotigen Arme und die eingefallene Brust des alten Aratows, den man übrigens kaum alt nennen darf, da er, als er starb, noch nicht Fünfzig war. Jakow war noch bei Lebzeiten des Vaters auf die Universität, und zwar auf die physikalisch-mathematische Fakultät, gekommen, aber noch vor Abschluss des Studiums wieder ausgetreten: nicht etwa aus Faulheit, sondern weil er der Ansicht war, dass man zu Hause ebenso viel lernen könne wie auf der Universität; ein Diplom brauchte er nicht, da er nicht die Absicht hatte, die Beamtenkarriere einzuschlagen. Er hielt sich von seinen Kollegen fern, machte fast keine Bekanntschaften, ging allen Menschen, besonders aber den Frauen, aus dem Wege und lebte sehr zurückgezogen, fast immer in seine Bücher vertieft. Er hatte eine Scheu vor den Frauen, obwohl sein Herz empfindsam war und sich leicht für alles Schöne begeisterte. Er schaffte sich sogar ein teures englisches Bilderwerk an und weidete sich (o diese Schande!) am Anblick der darin dargestellten weiblichen Schönheiten... Von allen anderen Schritten hielt ihn aber seine angeborene Schamhaftigkeit zurück.

но, – знаменитого Брюса, в честь которого он и сына назвал Яковом. Человек он был, что называется, "добрейший", но нрава меланхолического, копотливый робкий, склонный ко всему таинственному, мистическому... Полушепотом произнесенное: "А!" было его обычным восклицанием; он и умер с этим восклицанием на устах, – года два спустя после переселения в Москву.

Сын его Яков наружностью не походил на отца, который был некрасив собою, неуклюж и неловок; он скорей напоминал свою мать. Те же тонкие, миловидные черты, те же мягкие волосы пепельного цвета, тот же маленький нос с горбиной, те же выпуклые детские губки – и большие, зеленовато-серые глаза с поволокой и пушистыми ресницами. Зато нравом он походил на отца; и несхожее с отцовским лицо носило отпечаток отцовского выражения, – и руки имел он узловатые, и впалую грудь, как старик Аратов, которого, впрочем, едва ли следует называть стариком, так как он и до пятидесяти лет не дотянул. Еще при жизни его Яков поступил в университет, по физико-математическому факультету; однако курса не кончил – не по лености, а потому что, по его понятиям, в университете не узнаешь больше того, чему можно научиться и дома, а за дипломом он не гонялся, так как на службу поступить не рассчитывал. Он дичился своих товарищей, почти ни с кем не знакомился, в особенности чуждался женщин и жил очень уединенно, погруженный в книги. Он чуждался женщин, хотя сердце имел очень нежное и пленялся красотою... Он даже приобрел роскошный английский кипсэк – и (о позор!) любовался "украшавшими" его изображениями разных восхитительных Гюльнар и Медор... Но его постоянно сдерживала прирожденная стыдливость.

Er bewohnte das große Arbeitszimmer seines Vaters, das ihm zugleich auch als Schlafzimmer diente; er schlief auch in demselben Bett, in dem sein Vater gestorben war.

Die wichtigste Stütze seines ganzen Seins, sein unersetzlicher Genosse und Freund war seine Tante, jene selbe Platoscha, mit der er kaum mehr als zehn Worte am Tag wechselte, ohne die er aber keinen Schritt tun konnte. Sie war ein Geschöpf mit langen Zähnen und farblosen Augen im langen, blassen Gesicht, das immer den gleichen halb traurigen, halb erschrockenen Ausdruck bewahrte. Immer mit einem grauen Kleid und einem grauen Schal, der nach Kampfer roch, angetan, schlich sie mit unhörbaren Schlitten wie ein Schatten durch das Haus, seufzte, flüsterte Gebete – mit besonderer Vorliebe eines, das nur aus zwei Worten bestand: »Gott hilf!« – und führte mit außerordentlicher Tüchtigkeit die Wirtschaft, sparte, wo sie nur konnte, und besorgte selbst alle Einkäufe. Ihren Neffen vergötterte sie. Sie war stets nur um seine Gesundheit besorgt und sah überall Gefahren für ihn; und wenn ihr auch nur das Geringste vorkam, schlich sie leise in sein Zimmer, stellte vor ihn auf den Schreibtisch eine Tasse Brusttee oder streichelte ihm mit ihren Händen, die so weich wie Watte waren, den Rücken. Jakow empfand diese ewige Besorgtheit um sein Wohlergehen gar nicht als Last, den Brusttee trank er aber nicht und nickte nur anerkennend mit dem Kopfe. Er konnte sich übrigens wirklich keiner besonders kräftigen Konstitution rühmen. Er war leicht erregbar, nervös, hypochondrisch und litt an Herzklopfen, zuweilen auch an Atemnot. Gleich seinem Vater glaubte er daran, dass es in der Natur und in der Menschenseele Geheimnisse gebe, die man zuweilen ahnen, doch niemals ergründen könne. Er glaubte an die Existenz gewisser manchmal wohltätiger, meistens aber feindseliger Kräfte und Strömungen; glaubte auch an die Wissenschaft, an ihre Würde und Bedeutung. In der letzten Zeit befasste er sich leidenschaftlich mit Fotografie. Der Geruch der dabei verwendeten Chemikalien erfüllte die alte Tante mit großer Sorge; diese Sorge galt aber nicht ihr selbst, sondern nur Jascha und sei-

В доме он занимал бывший отцовский кабинет, который был также его спальней; и постель его была та же самая, на которой скончался его отец.

Великим подспорьем всего его существования, неизменным товарищем и другом была ему его тетка, та Платоша, с которой он едва ли менялся десятью словами в день, но без которой он не мог бы ступить шагу. Это было длиннолицее, длиннозубое существо, с бледными глазами на бледном лице, с неизменным выражением не то грусти, не то озабоченного испуга. Вечно одетая в серое платье и серую шаль, от которой пахло камфарой, она скиталась по дому, как тень, неслышными шагами; вздыхала, шептала молитвы – особенной одну, любимую, состоявшую всего из двух слов: "Господи, помоги!" – и очень дельно распоряжалась по хозяйству, берегла каждую копейку и все закупала сама. Племянника своего она обожала; постоянно кручинилась об его здоровье – всего боялась – не за себя, а за него, – и, бывало, чуть что ей покажется, сейчас тихонько подойдет и поставит ему на письменный стол чашку грудного чаю или погладит его по спине своими мягкими, как вата, руками. Яков не тяготился этим ухаживаньем, – грудного чаю, однако, не пил – и только одобрительно покачивал головою. Очень он был впечатлен, нервен, мнителен, страдал сердцебиеньем, иногда одышкой, подобно отцу, верил, что существуют в природе и в душе человеческой тайны, которые можно иногда прозревать, но постигнуть – невозможно, верил в присутствие некоторых сил и веяний, иногда благосклонных, но чаще враждебных, и верил также в науку, в ее достоинство и важность. В последнее время он пристрастился к фотографии. Запах употребляемых снадобий очень беспокоил старуху тетку – опять-таки не для себя, а для Яши, для его груди; но, при всей мягкости нрава, в нем было нема-

ner schwachen Brust. So mild sein Charakter war, so konnte er zuweilen auch recht eigensinnig sein. Mit solchem Eigensinn setzte er auch die Beschäftigung, an der er soviel Gefallen gefunden, fort. Platoscha fügte sich dem, seufzte aber noch mehr als früher und flüsterte immer öfter das Gebet: »Gott hilf!«, wenn sie seine mit Jod gefärbten Finger sah.

Jakow hielt sich, wie gesagt, von allen Kollegen abseits; einem von ihnen aber schloss er sich recht eng an und setzte den Verkehr mit ihm sogar dann fort, als der bereits die Universität verlassen und eine Stellung, die ihm übrigens wenig Verpflichtungen auferlegte, angenommen hatte: Er »klebte«, wie er sich selbst ausdrückte, am Bau der Moskauer Erlöserkathedrale, ohne natürlich auch das Geringste von Architektur zu verstehen. Es war sehr seltsam: Dieser einzige Freund Aratows, namens Kupfer, ein Deutscher, der aber so sehr verrußt war, dass er keinen Ton Deutsch verstand und sogar das Wort »Deutscher« als Schimpfwort gebrauchte – dieser Freund schien mit Aratow nicht das geringste gemein zu haben. Er war ein schwarzlockiger und rotbackiger, lustiger und redseliger Bursche und großer Liebhaber der Damengesellschaft, der Aratow so sorgsam aus dem Wege ging. Kupfer frühstückte allerdings bei ihm oft, aß bei ihm zu Mittag und ließ sich von ihm manchmal – da er selbst wenig bemittelt war – mit kleineren Summen aushelfen; das war aber noch nicht der Grund dafür, dass der lebhafte junge Deutsche so oft und so gerne in das gemütliche Häuschen in der Schabolowka-Vorstadt einkehrte. Es war wohl die seelische Reinheit, der »Idealismus« Aratows, was ihn anzog, vielleicht als Gegensatz zu den Dingen, die er täglich sah und erlebte; vielleicht äußerte sich auch in dieser Vorliebe für den ideell veranlagten jungen Mann seine deutsche Natur. Jakow aber hatte Freude an der gutmütigen Offenherzigkeit Kupfers. Außerdem interessierten den jungen Einsiedler seine Berichte von den Theatern, Konzerten, Bällen und der ganzen ihm fremden Welt, in der Kupfer heimisch war und in die Aratow sich nicht entschließen konnte einzudringen; all das regte ihn sogar auf, ohne in ihm übrigens den Wunsch zu

ло упорства – и он настойчиво продолжал полюбившееся ему занятие. Платоша покорилась и только пуще прежнего вздыхала и шептала: "Господи, помоги!", глядя на его окрашенные йодом пальцы.

Яков, как уже сказано, чуждался товарищей; однако с одним из них сошелся довольно близко и видал его часто, даже после того, как этот товарищ, выйдя из университета, поступил на службу, мало, впрочем, обязательную: он, говоря его словами, "примостился" к постройке Храма Спасителя, ничего, конечно, в архитектуре не смысля. Странное дело: этот единственный приятель Аратова, по фамилии Купфер, немец до того обрусевший, что ни одного слова по-немецки не знал и даже ругался "немцем" – этот приятель не имел с ним, по-видимому, ничего общего. Это был чернокудрый, краснощекий малый, весельчак, говорун и большой любитель того самого женского общества, которого так избегал Аратов. Правда, Купфер и завтракал, и обедал у него частенько – и даже, будучи человеком небогатым, занимал у него небольшие суммы; но не это заставляло развязного немчика прилежно посещать укромный домик на Шаболовке. Душевная чистота, "идеальность" Якова ему полюбилась, быть может, как противоречие тому, что он каждый день встречал и видел; или, быть может, в этом самом влечении к "идеальному" юноше сказывалась его все-таки германская кровь. А Якову нравилась добродушная откровенность Купфера; да кроме того, рассказы его о театрах, о концертах, о балах, где он был завсегдатаем, – вообще о том чуждом мире, куда Яков не решался проникнуть, – тайно занимали и даже волновали молодого отшельника, не возбуждая, впрочем, в нем желания изведать все это собственным опытом.

wecken, diese Dinge aus eigener Anschauung kennenzulernen. Auch Tante Platoscha war dem Kupfer wohl gesinnt. Sie fand zwar sein Benehmen manchmal gar zu ungezwungen, fühlte aber instinktiv, dass Kupfer aufrichtig an ihrem geliebten Jascha hing und duldete daher nicht nur den geräuschvollen Gast in ihrer Wohnung, sondern war ihm auch gewogen.

II

Um die Zeit, von der hier die Rede ist, lebte in Moskau eine verwitwete georgische Fürstin, eine etwas fragwürdige, beinahe verdächtige Person. Sie stand in den Vierzigern und war wohl in ihrer Jugend von jener eigentümlichen orientalischen Schönheit gewesen, die so schnell verwelkt: Jetzt puderte und schminkte sie sich und färbte sich die Haare gelb. Über sie waren allerlei nicht sehr vorteilhafte, etwas unklare Gerüchte im Umlauf; ihren verstorbenen Mann hatte niemand gekannt, auch hatte sie sich in keiner Stadt längere Zeit aufgehalten. Sie hatte weder Kinder noch ein Vermögen; aber sie lebte – anscheinend auf Kredit oder sonst irgendwie – auf ziemlich großem Fuße, unterhielt einen sogenannten Salon und empfing eine recht gemischte Gesellschaft, die vorwiegend aus jungen Leuten bestand. Alles in ihrem Hause – angefangen von ihren Toiletten, Möbeln und Küche bis zur Equipage und Dienerschaft – schien irgendwie unecht, provisorisch und von zweiter Güte; doch die Fürstin und ihre Gäste stellten anscheinend keine höheren Ansprüche. Die Fürstin galt als Liebhaberin von Musik und Literatur und als Beschützerin der Künstler und Schauspieler. Für diese Dinge hatte sie ein wirkliches, an Begeisterung grenzendes und durchaus nicht erheucheltes Interesse. In ihr pulsierte zweifellos eine künstlerische Ader. Außerdem hatte sie ein freundliches, angenehmes Wesen, gab sich einfach und ungekünstelt und war – was die wenigsten merkten – auch recht gutmütig, weichherzig und nachsichtig ...

И Платоша жаловала Купфера, правда, она находила его иногда чересчур бесцеремонным, но, инстинктивно чувствуя и понимая, что он искренне привязан к ее дорогому Яше, она не только терпела шумного гостя, но и благоволила к нему.

II

В то время, о котором идет наша речь, обреталась в Москве некая вдова, грузинская княгиня – личность неопределенная, почти подозрительная. Ей было уже под сорок лет; в молодости она, вероятно, цвела той особенной восточной красотой, которая так скоро блекнет; теперь она белилась, румянилась и красила волосы в желтую краску. О ней ходили разные, не совсем выгодные и не совсем ясные слухи; мужа ее никто не знавал – и ни в одном городе она подолгу не живала. Ни детей, ни состояния у ней не было; но она жила открыто – в долг или иначе; держала, как говорится, салон и принимала довольно смешанное общество – большей частью молодежь. Все в ее доме, начиная с ее собственного туалета, мебели, стола и кончая экипажем и прислугой, носило печать чего-то недоброкачественного, поддельного, временного... но и сама княгиня и ее гости, по-видимому, ничего лучшего не требовали. Княгиня слыла любительницей музыки, литературы, покровительницей артистов и художников; да и действительно интересовалась всеми этими "вопросами" даже до восторженности – и до восторженности, не совсем напускной. Эстетическая жилка в ней несомненно билась. К тому же она была очень доступна, любезна, – в сущности, очень добра, мягкосердечна и снисходительна...

Das sind ja Eigenschaften, die bei Personen dieser Art selten anzutreffen sind und um so höher geschätzt werden sollten. »Das Frauenzimmer ist zwar nichts wert«, sagte von ihr einmal ein geistreicher Herr, »wird aber unbedingt ins Paradies kommen! Sie verzeiht alles, also wird auch ihr alles verziehen werden!« Man erzählte sich, dass sie in jeder Stadt, aus der sie verduftete, ebenso viele Gläubiger wie Menschen, die sie glücklich gemacht hatte, zurückließ. Ein weiches Herz lässt sich eben nach allen Seiten biegen.

Kupfer geriet, wie es zu erwarten war, bald in ihren Kreis und wurde mit ihr sehr intim ... sogar zu intim, wie böse Zungen behaupteten. Er selbst sprach über sie nicht nur freundschaftlich, sondern auch mit Hochachtung. Er nannte sie ein goldenes Herz – was man dagegen auch einwenden mochte – und glaubte aufrichtig nicht nur an ihre Liebe zu den Künsten, sondern auch, dass sie viel von Kunst verstünde.

Als er eines Nachmittags bei den Aratows saß und die Rede wieder einmal auf die Fürstin und ihre Empfänge brachte, begann er Jakow zuzureden, wenigstens einmal sein Einsiedlerleben aufzugeben und ihm, Kupfer zu gestatten, ihn bei seiner Freundin einzuführen. Jakow wollte anfangs nichts davon hören.

»Was denkst du dir eigentlich?« rief Kupfer schließlich aus. »Wie stellst du dir diese Einführung vor? Ich will dich einfach, so wie du da sitzt, in dem Rock, den du jetzt anhast, nehmen und auf einen ihrer Abende bringen. Bei ihr gibt es gar keine Etikette, mein Lieber! Du bist ja Gelehrter, liebst Literatur und Musik (in Aratows Arbeitszimmer stand tatsächlich ein Pianino, auf dem er manchmal Akkorde mit verminderter Septime anzuschlagen pflegte), bei ihr im Hause findest du aber davon, soviel du willst! Du triffst bei ihr auch recht sympathische Menschen ganz ohne Prätensionen! Außerdem geht es wirklich nicht, dass ein junger Mann in deinem Alter und mit deinem Äußern (Aratow senkte die Augen und machte eine abwehrende Handbewegung), ja, mit deinem Äußern, sich dermaßen von Welt und Gesell-

Качества редкие – и тем более дорогие – именно в подобного рода личностях! "Пустая баба! – выразился о ней один умник, – а в рай попадет непременно! Потому: все прощает – и ей все простится!" О ней говорили также, что когда она исчезала из какого-нибудь города, она всегда оставляла в нем столько же заимодавцев, сколько людей, облагодетельствованных ею. Мягкое сердце в какую хочешь сторону гнется.

Купфер, как и следовало ожидать, попал в ее дом и стал к ней близким... злые языки уверяли: слишком близким человеком. Сам же он всегда отзывался о ней не только дружески, но с уважением величал ее золотою женщиной – что там ни толкуй! – и твердо верил в ее любовь к искусству и в понимание ею искусства! Вот однажды, после обеда у Аратовых, разговорившись о княгине и об ее вечерах, он начал убеждать Якова нарушить хоть раз свою анахоретскую жизнь и позволить ему, Купферу, представить его своей приятельнице. Яков сперва и слушать не хотел.

– Да ты что думаешь? – воскликнул наконец Купфер, – о каком представлении речь? Просто возьму тебя, вот как ты теперь сидишь, в сюртуке – и повезу тебя к ней на вечер. Никаких там, брат, этикетов не водится! Ты вот и ученый, и литературу любишь, и музыку (у Аратова в кабинете действительно находилось пианино, на котором он изредка брал аккорды с уменьшенной септимой) – а у ней в доме всего этого добра вдоволь! И людей ты там встретишь симпатических, безо всяких претензий! Да и, наконец, нельзя же в твои годы, с твоей наружностью (Аратов опустил глаза и махнул рукою) – да, да, с твоей наружностью, так чуждаться общества, света!

schaft zurückzieht! Es ist ja kein General, zu dem ich dich bringen möchte! Ich verkehre auch selbst nicht mit Generälen... Sei nicht so eigensinnig, Liebster! Sittlichkeit ist natürlich eine gute und achtbare Sache, man soll aber nicht in Asketismus verfallen! Du willst doch nicht etwa Mönch werden?!«

Aratow wollte nicht nachgeben. Kupfer fand aber ganz unerwartete Hilfe bei Platonida Iwanowna. Sie wusste zwar nicht recht, was das Wort »Asketismus« bedeutete, war aber auch der Meinung, dass es Jaschenjka gar nicht schaden würde, sich zu zerstreuen und unter Menschen zu kommen. »Um so mehr«, fügte sie hinzu, »als ich Fjodor Fjodorowitsch vertraue und weiß, dass er dich an keinen schlechten Ort führen wird!«

»Ich werde ihn Ihnen in seiner ganzen Makellosigkeit wieder abliefern!« rief Kupfer aus.

Platonida Iwanowna sah ihn aber trotz ihres ganzen Vertrauens etwas argwöhnisch an. Aratow errötete bis über die Ohren, gab aber seinen Widerstand auf.

Es endete damit, dass Kupfer ihn am nächsten Abend zu der Fürstin brachte. Aratow blieb aber nicht lange da. Erstens traf er bei ihr an die zwanzig Männer und Frauen, die zwar sympathisch schienen, die er aber nicht kannte; das genierte ihn, obwohl er sich nur sehr wenig an der Unterhaltung zu beteiligen brauchte, und davor hatte er ja die allergrößte Angst. Zweitens missfiel ihm die Hausfrau selbst, die ihn zwar sehr freundlich und einfach aufnahm. Alles missfiel ihm an ihr: das geschminkte Gesicht, die gebrannten Locken, die heisere, süßliche Stimme, das schrille Lachen, die Manier, die Augen zu rollen, das viel zu tiefe Dekolleté und die dicken, glänzenden, mit einer Unmenge von Ringen geschmückten Finger.

Er saß in einer Ecke und ließ seine Blicke über die Gesichter der Gäste schweifen, ohne sie recht zu unterscheiden, oder starrte zu Boden.

Ведь не к генералам я тебя везу! Впрочем, я сам генералов не знаю! Не упирайся, голубчик! Нравственность – дело хорошее, почтенное... Но зачем же в аскетизм вдаваться? Не в монахи же ты себя готовишь!

Аратов, однако, продолжал упираться; но на подмогу Купферу неожиданно явилась Платонида Ивановна. Хотя она и не поняла хорошенько, что это за слово такое: аскетизм? – однако тоже нашла, что Яшеньке не худо развлечься, на людей посмотреть – и себя показать. "Тем более, – прибавила она, – что я уверена в Федор Федорыче! В дурное место он тебя не повезет..." – "Во всей непорочности представлю его вам обратно!" – вскричал Купфер, на которого Платонида Ивановна, несмотря на свою уверенность, бросала беспокойные взгляды. Аратов покраснел до ушей – но возражать перестал.

Кончилось тем, что на следующий день Купфер повез его на вечер к княгине. Но Аратов недолго там остался. Во-первых, он нашел у ней человек двадцать гостей, мужчин и женщин, положим, и симпатических, но все-таки чужих; и это его стесняло, хотя беседовать ему пришлось очень немного, а этого он больше всего боялся. Во-вторых, сама хозяйка ему не понравилась, хотя она и приняла его очень радушно и просто. Все в ней ему не понравилось и раскрашенное лицо, и взбитые кудри, и хрипловато-слащавый голос, визгливый смех, манера закатывать глаза под лоб, излишнее декольте – и эти пухлые, глянцевитые пальцы со множеством колец! Забившись в угол, он то быстро пробегал глазами по всем лицам гостей, как-то даже не различая их, то упорно глядел себе на ноги.

Als sich aber ein zugereister Virtuose mit bleichem Gesicht, langen Haaren und Monokel unter der gekrümmten Augenbraue vors Klavier setzte, mit aller Wucht in die Tasten schlug, den Fuß aufs Pedal drückte und eine Lisztsche Fantasie über Wagnersche Themen herunterzuhauen begann, war es Aratow doch zu viel, und er brannte durch, einen wirren und schweren Eindruck forttragend, zu dem sich auch noch eine andere, ihm unverständliche, aber bedeutsame und sogar aufregende Stimmung gesellte.

III

Kupfer aß bei ihm am nächsten Tag zu Mittag. Er verbreitete sich nicht über den gestrigen Vorfall und machte Aratow nicht einmal Vorwürfe wegen seiner plötzlichen Flucht. Er äußerte nur sein Bedauern, dass er das Souper nicht abgewartet hatte, bei dem es Champagner gab (Nischnij-Nowgoroder Provenienz, wie wir in Parenthesen bemerken). Kupfer hatte wohl eingesehen, dass jeder Versuch, den Freund aufzurütteln, vergebens war und dass Aratow in die Gesellschaft jener Menschen und zu deren Lebensart durchaus nicht passte. Auch Aratow seinerseits vermied von der Fürstin und vom gestrigen Abend zu sprechen.

Platonida Iwanowna wusste nicht recht, ob sie diesen Misserfolg mit Freude oder Bedauern aufnehmen sollte. Schließlich sagte sie sich, dass derlei Unternehmungen Jaschas Gesundheit schädigen könnten, und beruhigte sich damit.

Kupfer ging gleich nach dem Essen fort und ließ sich dann volle acht Tage nicht mehr blicken. Nicht etwa, weil er Aratow wegen des Misserfolgs seiner Empfehlung schmollte – der gute Kerl war dessen gar nicht fähig. Er hatte aber wohl eine Beschäftigung gefunden, die alle seine Sinne und Gedanken gefangen hielt; denn er kam von nun an nur sehr selten zu den Aratows, zeigte einen zerstreuten Ausdruck, sprach wenig und blieb nur kurze Zeit.

Когда же наконец один заезжий артист с испитым лицом, длиннейшими волосами и стеклышком под съеженной бровью сел за рояль и, ударив с размаху руками по клавишам, а ногой по педали, начал валять фантазию Листа на вагнеровские темы – Аратов не выдержал и улизнул, унося в душе смутное и тяжелое впечатление, сквозь которое, однако, пробивалось нечто ему самому непонятное – но значительное и даже тревожное.

III

Купфер пришел на другой день обедать; однако распространяться о вчерашнем вечере не стал, даже не попрекнул Аратова за его поспешное бегство, – и только пожалел о том, что он не дождался ужина, за которым подавали шампанское! (Нижегородского изделия, заметим в скобках.) Купфер, вероятно, понял, что напрасно вздумал расшевелить своего приятеля и что Аратов к тому обществу и образу жизни человек решительно "не подходящий". С своей стороны, Аратов тоже не заговаривал ни о княгине, ни о вчерашнем вечере. Платонида Ивановна не знала, радоваться ли неуспеху этой первой попытки или сожалеть о нем? Она решила наконец, что здоровье Яши могло пострадать от подобных выездов, – и успокоилась. Купфер ушел тотчас после обеда и целую неделю потом не показывался. И не то чтобы он дулся на Аратова за неудачу своей рекомендации – добряк на это не был способен, – но он, очевидно, нашел некоторое занятие, которое поглощало все его время, все его помыслы, – потому что и впоследствии являлся редко к Аратовым, вид имел рассеянный, говорил мало и вскорости исчезал...

Aratow lebte ebenso wie früher; aber irgendetwas hatte sich wohl in seiner Seele festgesetzt. Er wollte sich immer auf etwas besinnen; er wusste selbst nicht, was es war, aber dieses »Etwas« hing irgendwie mit dem Abend, den er bei der Fürstin verbracht hatte, zusammen. Dabei spürte er nicht den leisesten Wunsch, sie wieder zu besuchen, und die fremde Welt, von der er in ihrem Hause ein Endchen zu sehen bekommen hatte, stieß ihn mehr als je zurück. So vergingen an die sechs Wochen.

Eines Morgens erschien bei ihm wieder Kupfer, diesmal mit etwas verlegenem Gesicht.

»Ich weiß«, begann er mit gezwungenem Lächeln, »dass du an jenem Besuch wenig Gefallen gefunden hast; und doch hoffe ich, dass du meinen Vorschlag nicht zurückweisen, dass du mir meine Bitte erfüllen wirst!«

»Um was handelt es sich?« fragte Aratow.

»Siehst du«, begann Kupfer, immer lebhafter werdend, »es gibt hier einen Verein von Liebhabern, die ab und zu Rezitationsabende, Konzerte und selbst Theateraufführungen mit wohltätigem Zweck veranstalten.«

»Nimmt auch die Fürstin daran teil?«

»Die Fürstin nimmt an allen wohltätigen Unternehmungen teil, das macht aber nichts. Wir veranstalten einen literarisch-musikalischen Nachmittag, und bei dieser Gelegenheit kannst du ein junges Mädchen hören – ein ganz ungewöhnliches junges Mädchen! Wir wissen noch nicht recht, ob sie eine Rachel oder eine Viardot ist. Denn sie versteht ebenso gut zu singen wie zu rezitieren und zu spielen. Ein ganz erstklassiges Talent, mein Lieber! Ich übertreibe gar nicht. Nun also ... willst du nicht ein Billett nehmen? In der ersten Reihe kostet es fünf Rubel.«

»Wo kommt dieses ungewöhnliche Mädchen her?« fragte Aratow.

Аратов продолжал жить по-прежнему; но какая-то, если можно так выразиться, закорючка засела ему в душу. Он все что-то припоминал, сам не зная хорошенько, что именно, и свет, часть которого он улицезрел у нее в доме, отталкивал его больше чем когда-либо. Так прошло недель шесть.

И вот в одно утро опять предстал перед ним Купфер, на этот раз с несколько смущенным лицом.

– Я знаю, – начал он с принужденным смехом, – что тебе не по вкусу пришелся твой тогдашний визит; но я надеюсь, что ты все-таки согласишься на мое предложение... не откажешь мне в моей просьбе!

– В чем дело? – спросил Аратов.

– Вот, видишь ли, – продолжал Купфер, все более и более оживляясь, – здесь есть одно общество любителей, артистов, которое от времени до времени устраивает чтения, концерты, даже театральные представления с благотворительной целью...

– И княгиня участвует? – перебил Аратов

– Княгиня всегда в добрых делах участвует – но это ничего. Мы затеяли литературно-музыкальное утро... и на этом утре ты можешь услышать девушку... необыкновенную девушку. Мы еще не знаем хорошенько: Рашель она или Виардо?... потому что она и поет превосходно, и декламирует, и играет... Талант, братец ты мой, первоклассный! Без преувеличения говорю. Так вот... не возьмешь ли ты билет? Пять рублей, если в первом ряду.

– А откуда взялась эта удивительная девушка? – спросил Аратов. Купфер осклабился.

»Das weiß ich nicht zu sagen«, erwiderte Kupfer lächelnd. »In der letzten Zeit hat sie bei der Fürstin Unterkunft gefunden. Die Fürstin protegiert ja, wie du weißt, alle solche Menschen. Du hast sie wohl auch an jenem Abend gesehen.«

Aratow fuhr zusammen – innerlich, ganz schwach –, sagte aber nichts.

»Sie hat sogar schon irgendwo in der Provinz gespielt«, fuhr Kupfer fort, »sie ist überhaupt fürs Theater geschaffen. Du wirst sie ja selbst sehen!«

»Wie heißt sie?« fragte Aratow.

»Klara.«

»Klara?« unterbrach ihn Aratow wieder: »Unmöglich!«

»Warum unmöglich? – Klara... Klara Militsch; das ist zwar nicht ihr wirklicher Name, aber alle nennen sie so. Sie wird ein Lied von Glinka singen, dann eines von Tschaikowskij und den Brief Tatjanas aus dem ›Eugen Onegin‹ rezitieren. Nun, nimmst du ein Billett?«

»Wann findet es statt?«

»Morgen, morgen um halb zwei, in einem Privatsaal an der Ostoschenka. Ich werde dich abholen. Also ein Billett für fünf Rubel? Da ist es ... Nein, es ist eines für drei. Hier. Da hast du auch das Programm. Ich gehöre zu den Veranstaltern.«

Aratow wurde nachdenklich. Platonida Iwanowna kam in diesem Augenblick ins Zimmer und wurde unruhig, als sie sein Gesicht sah.

»Jascha«, rief sie aus, »was hast du? Warum bist du so bestürzt? Fjodor Fjodorowitsch, was haben Sie ihm gesagt?«

Aratow ließ aber seinem Freund nicht Zeit, die Frage der Tante zu beantworten, entriss ihm hastig das Billett und sagte Platonida Iwanowna, dass sie Kupfer sofort fünf Rubel geben solle.

– Уж этого я не могу сказать... В последнее время она приютилась у княгини. Княгиня, ты знаешь, всем таким покровительствует... Да ты ее, вероятно, видел на том вечере.

Аратов дрогнул – внутренне, слабо... но ничего не промолвил

– Она даже играла где-то в провинции, – продолжал Купфер, – и вообще она создана для театра. Вот ты сам увидишь!

– Как ее имя? – спросил Аратов.

– Клара...

– Клара? – вторично перебил Аратов. – Не может быть!

– Отчего: не может быть? Клара... Клара Милич; это не настоящее ее имя... но ее так называют. Петь она будет глинкинский романс и Чайковского; а потом письмо из "Евгения Онегина" прочтет. Что ж? Берешь билет?

– А когда это будет?

– Завтра... завтра в половине второго, в частной зале, на Остоженке... Я заеду за тобой. В пять рублей билет?... Вот он... нет – это трехрублевый. Вот. Вот и афишка. Я один из распорядителей.

Аратов задумался. Платонида Ивановна вошла в эту минуту и, взглянув ему в лицо, вдруг перетревожилась.

– Яша, – воскликнула она, – что с тобою? Отчего ты такой смущенный? Федор Федорыч, что вы ему такое сказали?

Но Аратов не давал своему приятелю ответить на вопрос тетки – и, торопливо выхватив протянутый к нему билет, приказал Платониде Ивановне сейчас выдать Купферу пять рублей.

Die Tante wunderte sich und zwinkerte mit den Augen. Sie gab aber Kupfer das Geld und sagte kein Wort. Jascha hatte sie gar zu streng angefahren.

»Ich sage dir – ein Wunder aller Wunder!« sagte Kupfer und stürzte zur Tür. »Erwarte mich morgen!«

»Hat sie schwarze Augen?« rief ihm Aratow nach.

»Wie Kohle!« antwortete Kupfer, lachte vergnügt und verschwand.

Aratow zog sich in sein Zimmer zurück, Platonida Iwanowna blieb aber ganz starr stehen und flüsterte immer vor sich hin: »Gott hilf! Hilf Gott!«

IV

Als Aratow und Kupfer kamen, war der große Saal im Privathaus an der Ostoschenka schon zur Hälfte gefüllt. In diesem Saal fanden zuweilen Theateraufführungen statt, aber diesmal waren weder Dekorationen noch ein Vorhang zu sehen. Die Veranstalter hatten sich darauf beschränkt, an dem einen Ende des Saales ein Podium zu errichten, ein Klavier, einige Notenpulte und einen Tisch mit einer Wasserkaraffe und einem Glas hinzustellen und die Tür zu dem für die Mitwirkenden bestimmten Zimmer mit rotem Tuch zu verhängen. In der ersten Reihe saß bereits in hellgrüner Toilette die Fürstin; Aratow wechselte mit ihr kaum einen Gruß und ließ sich in einiger Entfernung von ihr nieder. Das Publikum war recht gemischt; die studierende Jugend war in der Überzahl. Kupfer, der als Veranstalter eine weiße Schleife am Fracklatz hatte, lief hin und her und tat sehr geschäftig. Die Fürstin sah sich in sichtbarer Erregung fortwährend nach allen Seiten um, lächelte und sprach die in ihrer Nähe Sitzenden an. Sie war übrigens von lauter Männern umgeben.

Als erste Nummer trat ein Flötist von schwindsüchtigem Aussehen aufs Podium und spuckte, ich wollte sagen, blies höchst gewissenhaft ein gleichfalls schwindsüchtiges Stück;

Та удивилась, глазами заморгала... Однако вручила Куперу деньги молча. Очень уж строго крикнул на нее Яшенька.

– Я тебе говор, чудо из чудес! – воскликнул Купфер и бросился к дверям – Жди меня завтра!

– У ней черные глаза! – промолвил ему вслед Аратов

– Как уголь! – весело гаркнул Купфер и исчез.

Аратов ушел к себе в комнату, а Платонида Ивановна так и осталась на месте, шепотом повторяя: "Помоги, Господи! Господи, помоги!"

IV

Большая зала в частном доме на Остоженке уже наполовину была полна посетителями, когда Аратов с Купфером прибыли туда. В этой зале давались иногда театральные представления, но на этот раз не было видно ни декораций, ни занавеса. Учредители "утра" ограничились тем, что воздвигнули на одном конце эстраду, поставили на ней фортепиано, пару пюпитров, несколько стульев, стол с графином воды и стакан – да завесили красным сукном дверь, которая вела в комнату, предоставленную артистам. В первом ряду уже сидела, княгиня в ярко-зеленом платье; Аратов поместился в некотором от нее расстоянье, едва обменявшись с ней поклоном. Публика была что называется разношерстная; все больше молодые люди из учебных заведений. Купфер, как один из распорядителей, с белым бантом на обшлаге фрака, суетился и хлопотал изо всех сил; княгиня видимо волновалась, оглядывалась, посылала во все стороны улыбки, заговаривала с соседями... около нее были одни мужчины. Первым на эстраде явился флейтист чахоточного вида и престарательно проплевал... то-бишь! просвистал пьеску тоже чахоточного свойства;

zwei Zuhörer schrien »Bravo!« Dann erschien ein dicker Herr mit Brille, von solidem, sogar griesgrämigem Aussehen, und las mit Bassstimme eine Skizze von Schtschedrin. Man applaudierte, doch nur der Skizze und nicht ihm. Darauf erschien der Pianist, den Aratow schon kannte, und hämmerte die gleiche Lisztsche Fantasie herunter; der Pianist errang sogar einen Hervorruf. Er verbeugte sich, wobei er sich mit einer Hand auf die Stuhllehne stützte und nach jeder Verbeugung die Mähne schüttelte – ganz wie Liszt! Endlich, nach einer recht langen Pause, geriet das rote Tuch hinter dem Podium in Bewegung, die Tür ging weit auf, und auf dem Podium erschien Klara Militsch. Man begrüßte sie mit lebhaftem Applaus. Sie ging mit etwas unsicheren Schritten bis an den vorderen Rand des Podiums und blieb, die etwas großen, schönen unbehandschuhten Hände gekreuzt, ohne Verbeugung, ohne Kopfnicken und ohne Lächeln unbeweglich stehen.

Sie war etwa neunzehn, groß, etwas breitschultrig, doch gut gebaut. Ihr dunkles Gesicht erinnerte an eine Jüdin oder Zigeunerin; sie hatte schwarze, nicht sehr große Augen unter dichten, fast zusammengewachsenen Brauen, eine gerade, etwas aufgeworfene Nase, schöne, doch stark geschwungene Lippen, einen dicken, schwarzen, anscheinend sehr schweren Zopf, eine niedere, unbewegliche, wie aus Stein gemeißelte Stirn und winzige Ohren. Der Ausdruck war nachdenklich, beinahe streng. Alles zeugte von einer leidenschaftlichen, eigensinnigen, wohl kaum gutmütigen und klugen, aber sicher talentierten Natur.

Sie stand eine Weile mit gesenkten Lidern da, fuhr plötzlich zusammen und ließ einen durchdringenden, doch zerstreuten, gleichsam nach innen gekehrten Blick über die Reihen der Zuschauer schweifen.

»Was für tragische Augen sie hat!« bemerkte hinter Aratows Rücken ein grauhaariger Geck mit dem Gesicht einer Revaler Kokotte, ein in Moskau allen bekannter Journalist und Kundschafter. Der Geck war dumm und wollte eine Dummheit sagen, sagte aber die Wahrheit!

два человека закричали: "Браво!" Потом какой-то толстый господин в очках, очень на вид солидный и даже угрюмый, прочел басом щедринский очерк; хлопали очерку, не ему; потом явился фортепианист, уже знакомый Аратову — и пробарабанил ту же листовскую фантазию; фортепианист удостоился вызова. Он кланялся, опершись рукою на спинку стула, и после каждого поклона взмахивал волосами, совсем как Лист! Наконец, после довольно долгого промежутка, красное сукно на двери за эстрадой зашевелилось, распахнулось широко — и появилась Клара Милич. Зала огласилась рукоплесканиями. Нерешительными шагами подошла она к передней части эстрады, остановилась и осталась неподвижной, сложив перед собою большие, красивые руки без перчаток, не приседая, не наклоняя головы и не улыбаясь.

Это была девушка лет девятнадцати, высокая, несколько широкоплечая, но хорошо сложенная. Лицо смуглое, не то еврейского, не то цыганского типа, глаза небольшие, черные, под густыми, почти сросшимися бровями, нос прямой, слегка вздернутый, тонкие губы с красивым, но резким выгибом, громадная черная коса, тяжелая даже на вид, низкий, неподвижный, точно каменный, лоб, крошечные уши... все лицо задумчивое, почти суровое. Натура страстная, своевольная — и едва ли добрая, едва ли очень умная — но даровитая — сказывалась во всем.

Она некоторое время не поднимала глаз, но вдруг встрепенулась и провела по рядам зрителей свой пристальный, но невнимательный, словно в себя углубленный взгляд... "Какие у нее трагические глаза!" — заметил сидевший позади Аратова некий седовласый фат с лицом кокотки из Ревеля, известный по Москве сотрудник и соглядатай. Фат был глуп и хотел сказать глупость... а сказал правду.

Aratow, der von Klara keinen Blick wenden konnte, erinnerte sich jetzt, dass er sie tatsächlich schon bei der Fürstin gesehen hatte; er hatte sie nicht bloß gesehen, sondern auch bemerkt, dass sie ihre dunklen, starren Augen einige Mal mit besonderem Ausdruck auf ihn richtete. Und auch jetzt – oder kam es ihm bloß so vor –, als sie ihn in der ersten Reihe erblickte, errötete sie vor Freude und sah ihn wieder durchdringend an. Dann trat sie, ohne sich umzuwenden, einige Schritte in der Richtung zum Klavier zurück, an dem schon der langhaarige Ausländer saß. Sie sollte Glinkas Lied »Kaum hab' ich dich erkannt ...« singen. Sie sang es, ohne die Haltung der Hände zu verändern und ohne in die Noten zu blicken. Sie hatte eine melodische, weiche Altstimme, sprach die Worte deutlich, mit starker Betonung aus und sang etwas eintönig, ohne Nuancierung, aber mit starkem Ausdruck.

»Das Mädel singt mit Überzeugung!« sagte der gleiche Geck hinter Aratows Rücken und hatte wieder recht.

Man rief von allen Seiten: »Bravo! Bis!« sie aber warf nur einen schnellen Blick auf Aratow, der weder schrie noch klatschte – ihr Gesang hatte ihm nicht gefallen –, machte eine leichte Verbeugung und ging, ohne den ihr vom langhaarigen Pianisten angebotenen Arm zu nehmen. Man rief sie heraus. Sie kam nach einer längeren Weile, näherte sich mit den gleichen unsicheren Schritten dem Klavier, flüsterte dem Pianisten einige Worte zu, der anstelle der bereitgelegten Noten andere heraussuchen musste, und begann das Tschaikowskijsche Lied: »Nur wer die Sehnsucht kennt ...« Dieses Lied sang sie etwas anders als das erste: mit gedämpfter Stimme, gleichsam müde. Aber in der vorletzten Zeile: »Begreift, wie sehr ich litt« ließ sie einen heißen, gellenden Schrei erklingen. Die Schlussworte aber: »Und wie ich leide...« flüsterte sie, das letzte Wort schmerzvoll dehnend. Das Lied gefiel dem Publikum weniger als das von Glinka, aber man klatschte ebenso viel.

Аратов, который с самого появления Клары не спускал с нее взора, только тут вспомнил, что он действительно видел ее у княгини; и не только видел ее, но даже заметил, что она несколько раз с особенной настойчивостью посмотрела на него своими темными, пристальными газами. Да и теперь... или это ему показалось? – она, увидав его в первом ряду, как будто обрадовалась, как будто покраснела – и опять настойчиво посмотрела на него. Потом она, не оборачиваясь, отступила шага два в направлении фортепиано, за которым уже сидел ее аккомпаниатор, длинноволосый чужестранец. Ей приходилось исполнить романс Глинки "Только узнал я тебя..." Она тотчас начала петь, не переменив положения рук и не глядя в ноты. Голос у ней был звучный и мягкий – контральто, слова она выговаривала отчетливо и веско, пела однообразно, без оттенков, но с сильным выражением. "С убеждением поет девка", – промолвил тот же фат, сидевший за спиной Аратова, – и опять сказал правду. Крики: "Бис! Браво!" раздались кругом... но она бросила быстрый взгляд на Аратова, который не кричал и не хлопал – ему не особенно понравилось ее пение, слегка поклонилась и ушла, не приняв подставленной калачиком руки пианиста. Ее вызвали. Она не скоро появилась, теми же нерешительными шагами подошла к фортепиано и, шепнув слова два аккомпаниатору, которому пришлось достать и положить перед собою не приготовленные, а другие ноты, начала романс Чайковского: "Нет, только тот, кто знал свиданья жажду..." Этот романс она спела иначе, чем первый, – вполголоса, словно усталая... и только на предпоследнем стихе: "Поймет, как я страдал", – у нее вырвался звенящий, горячий крик. Последний стих "И как я стражду..." она почти прошептала, горестно растянув последнее слово. Романс этот произвел меньшее впечатление на публику, чем глинкинский; однако хло-

Kupfer zeichnete sich darin besonders aus: Er legte die Hände nach besonderem System zu einem Art Fässchen zusammen und erzeugte ungewöhnlich laute, hallende Töne. Die Fürstin gab ihm einen großen, zerzausten Blumenstrauß, damit er ihn der Sängerin überreiche. Die schien aber Kupfers gebeugte Gestalt und seine mit dem Blumenstrauß ausgestreckte Hand gar nicht zu sehen; sie wandte sich um und ging wieder allein, ohne den Pianisten, der noch schneller als das erste Mal aufgesprungen war, um sie hinauszubegleiten. Als ihm das nicht gelang, schüttelte er seine Locken so, wie Liszt die Seinigen wohl niemals schüttelte!

Solange Klara sang, beobachtete Aratow aufmerksam ihr Gesicht. Es schien ihm, dass ihre Blicke durch die gesenkten Wimpern auf ihn allein gerichtet waren; den größten Eindruck auf ihn aber machte die Unbeweglichkeit dieses Gesichts, der Stirn und Brauen. Bei ihrem letzten leidenschaftlichen Aufschrei bemerkte er, wie zwischen den halb geöffneten Lippen eine weiße, enge Zahnreihe warm aufleuchtete. Kupfer ging auf ihn zu.

»Nun, wie findest du sie, mein Lieber?« fragte er, vor Vergnügen strahlend.

»Die Stimme ist gut«, antwortete Aratow, »sie versteht aber nicht zu singen und hat noch keine richtige Schule.« (Gott allein weiß, warum er das sagte und was er von »Schule« verstand.)

Kupfer war erstaunt. »Keine Schule!« wiederholte er gedehnt: »Nun, das kann sie ja noch lernen. Aber die Seele! Wart, du wirst ja gleich hören, wie sie den Brief Tatjanas rezitiert.«

Er lief fort und ließ Aratow stehen. Der aber dachte: Eine Seele! Bei diesem unbeweglichen Gesicht! Er fand, dass sie wie eine Magnetisierte, wie eine Somnambule stand und sich bewegte. Und dabei sah sie ihn immer an ... Ja, sie sah ihn an, daran war nicht zu zweifeln.

Der »Nachmittag« nahm indessen seinen Fortgang. Der dicke Herr mit der Brille trat wieder auf; trotz seines ernsten

панья было много... Особенно отличался Купфер: складывая ладони при ударе особым манером, в виде бочонка, он производил необыкновенно гулкий звук. Княгиня передала ему большой растрепанный букет с тем, чтобы он преподнес его певице; но она словно не заметила наклоненной фигуры Купфера, его вытянутой с букетом руки, повернулась и ушла, вторично не дождавшись пианиста, который поспешнее прежнего вскочил, чтобы ее проводить, и, оставшись ни при чем, так взмахнул волосами, как, вероятно, сам Лист никогда не взмахивал!

Во все время пения Аратов наблюдал лицо Клары. Ему казалось, что глаза ее, сквозь прищуренные ресницы, были обращены опять-таки на него, но его в особенности поразила неподвижность этого лица, лба, бровей – и только при ее страстном вскрике он заметил, как сквозь едва раскрытые губы тепло сверкнул ряд белых, тесно поставленных зубов. Купфер подошел к нему:

– Ну что, брат, как ты находишь? – спросил он, весь сияя удовольствием.

– Голос хороший, – ответил Аратов, – но она петь еще не умеет, настоящей школы нет. (Почему он это сказал и какое он сам имел понятие о "школе" – Господь ведает!) Купфер удивился.

– Школы нет, – повторил он с расстановкой... – Ну, это. Она еще подучиться может. Зато какая душа! Да вот погоди: ты ее в письме Татьяны послушаешь.

Он отбежал прочь от Аратова, а тот подумал: "Душа! С этаким неподвижным лицом!" Он находил, что она и держится и движется, как намагнетизированная, как сомнамбула. И в то же время она несомненно... да! несомненно смотрит на него.

Aussehens, bildete er sich ein, Komiker zu sein, und las eine Szene von Gogol. Diesmal erntete er aber nicht die geringste Anerkennung. Der Flötist huschte noch einmal vorbei; der Pianist ließ wieder das Klavier erdröhnen; ein zwölfjähriger Junge, mit pomadisiertem und gebranntem Haar, doch Spuren von Tränen auf den Wangen, geigte irgendwelche Variationen. Es fiel auf, dass man in den Pausen aus dem Künstlerzimmer die Töne eines Waldhorns hörte, während dieses Instrument im Laufe der Veranstaltung kein einziges Mal auf dem Podium erschien. Wie es sich später herausstellte, hatte der Liebhaber, der Waldhorn spielen sollte, im letzten Augenblick vor dem öffentlichen Auftreten Angst bekommen.

Endlich erschien wieder Klara Militsch. Sie hielt ein Bändchen Puschkin in der Hand, in das sie aber während des Vortrags kein einziges Mal hineinblickte. Sie war offenbar etwas befangen; das kleine Buch zitterte leise in ihren Fingern. Aratow merkte auch einen Ausdruck von Trauer, der jetzt auf ihren strengen Zügen lag. Den ersten Vers: »Ich schreibe Ihnen ... und was weiter?« sprach sie außerordentlich einfach, fast naiv, beide Arme mit aufrichtig naiver, hilfloser Gebärde vor sich ausstreckend. Dann schlug sie ein etwas zu schnelles Tempo ein. Aber bei den Versen: »Ein anderer? Nein! Mein Herz soll niemand haben ...« beherrschte sie sich schon wieder, und als sie zu der Stelle kam: »Mein ganzes Leben war Verheißung, dass ich dich treffe ...«, erklang ihre bis dahin etwas dumpfe Stimme begeistert und kühn, während sie ihre Augen ebenso kühn und gerade auf Aratow richtete. Mit dieser Begeisterung fuhr sie fort, und nur ganz am Schluss klang ihre Stimme wieder gedämpft und drückte, ebenso wie ihr Gesicht, die frühere Trauer aus. Die letzten vier Zeilen leierte sie schnell herunter, das Bändchen Puschkin entglitt ihrer Hand, und sie verließ rasch das Podium.

Das Publikum raste. Das Klatschen und Hervorrufen wollte kein Ende nehmen. Ein Seminarist kleinrussischer Abstammung brüllte so laut »Mylytsch! Mylytsch!«, dass ihn ein neben ihm sitzender Herr höflich und teilnahmsvoll er-

Между тем "утро" продолжалось. Толстый человек в очках появился опять; несмотря на свою серьезную наружность, он воображал себя комиком – и прочел сцену из Гоголя, не вызвавши на этот раз ни единого знака одобрения. Промелькнул опять флейтист, прогремел опять пианист, двенадцатилетний мальчик, напомаженный и завитой, но со следами слез на щеках, пропиликал какие-то вариации на скрипке. Странным могло показаться то, что в промежутках чтения и музыки из комнаты артистов изредка доносились отрывистые звуки валторны; между тем этот инструмент так и остался без употребления. Впоследствии выяснилось, что любитель, вызвавшийся играть на нем, заробел в момент выхода перед публикой. Вот наконец опять появилась Клара Милич.

Она держала в руке томик Пушкина; однако во время чтения ни разу в него не заглянула... Она явно робела; небольшая книжка слегка дрожала в ее пальцах. Аратов заметил так же выражение унылости, разлитое теперь по всем ее строгим чертам. Первый стих: "Я к вам пишу, чего же боле?" – она произнесла чрезвычайно просто, почти наивно – и с наивным, искренним, беспомощным жестом протянула обе руки вперед. Потом она стада немного спешить; но уже начиная со стихов: "Другой! нет! Никому на свете не отдала бы сердца я!" – она овладела собою, оживилась – и когда она дошла до слов: "Вся жизнь моя была залогом свиданья верного с тобой", – ее до тех пор довольно глухой голос зазвенел восторженно и смело – а глаза ее так же смело и прямо вперились в Аратова. С таким же увлечением продолжала она и только к концу голос ее опять понизился – и в нем и на лице отразилась прежняя унылость. Последнее четверостишие она совсем, как говорится, скомкала – томик Пушкина

suchte, »den künftigen Protodiakon in sich zu schonen«. Aratow aber erhob sich sofort von seinem Platz und eilte dem Ausgang zu. Kupfer holte ihn ein.

»Was fällt dir ein? Wo willst du hin?« schrie er ihn an. »Willst du nicht, dass ich dich der Klara vorstelle?«

»Nein, danke«, erwiderte Aratow eilig und lief nach Hause.

V

Seltsame, ihm selbst noch unklare Empfindungen brachten seine ganze Seele in Aufruhr. Klaras Rezitation hatte ihm eigentlich ebenso wenig gefallen wie ihr Gesang; obwohl er sich keine Rechenschaft darüber geben konnte, warum. Die Rezitation hatte ihn irgendwie beunruhigt; sie erschien ihm allzu scharf und unharmonisch. Sie störte irgendein Gleichgewicht in ihm und kam ihm wie eine Vergewaltigung vor. Und dann diese unverwandten, hartnäckigen, beinahe zudringlichen Blicke – wozu diese Blicke? Was hatten sie zu bedeuten?

Die angeborene Bescheidenheit ließ in Aratow auch nicht den leisesten Gedanken aufkommen, dass er diesem seltsamen jungen Mädchen gefallen und ein Gefühl eingeflößt haben könne, das der Liebe, der Leidenschaft gliche. Er stellte sich jenes noch unbekannte weibliche Wesen, jenes Mädchen, dem er dereinst seine Seele hingeben, das ihn lieben und seine Braut, seine Gattin werden würde, ganz anders vor ... Er gab sich aber nur sehr selten solchen Träumen hin: Er war an Leib und Seele keusch, und das keusche Bild, das in seiner Fantasie manchmal auftauchte, war von einem andern Bild – vom Bilde seiner Mutter gezeugt, an die er sich kaum erinnern konnte, deren Bildnis er aber wie ein Heiligtum bewahrte.

вдруг выскользнул из ее рук, и она поспешно удалилась.

Публика принялась рукоплескать отчаянно, вызывать. Один семинарист из малороссов, между прочим, так громогласно орал: "Мылыч! Мылыч" – что его сосед вежливо, с участьем попросил его "пощадить в себе будущего протодьякона!" Но Аратов тотчас встал и направился к выходу. Купфер нагнал его...

– Помилуй, куда же ты? – возопил он, – хочешь, я тебя представлю Кларе?

– Нет, спасибо, – торопливо возразил Аратов – и почти бегом пустился домой.

V

Странные, ему самому неясные ощущения волновали его. В сущности, чтение Клары тоже не совсем ему понравилось... хоть он и не мог себе отдать отчета: почему именно? Оно его беспокоило, это чтение, оно казалось ему резким, негармоническим... Оно как будто нарушало что-то в нем, являлось каким-то насилием. И эти пристальные, настойчивые, почти навязчивые взгляды – к чему они? Что они значат?

Скромность Аратова не допускала в нем даже мгновенной мысли о том, что он мог понравиться этой странной девушке, мог внушить ей чувство, похожее на любовь, на страсть! Да и он сам совсем не такой представлял себе ту, еще неведомую женщину, ту девушку, которой он отдастся весь, которая и его полюбит, станет его невестой, его женой... Он редко мечтал об этом: он и душой и телом был девственник; но чистый образ, возникавший тогда в его воображении, был навеян другим образом – образом его покойной матери, которую он едва помнил, но портрет которой он сохранял как святыню.

Es war ein Aquarellbild, das eine Freundin der Verstorbenen ohne besondere Kunst gemalt hatte, das ihr aber, wie alle behaupteten, erstaunlich ähnlich war. Das gleiche zarte Profil, die gleichen gütigen, hellen Augen, die gleichen seidenweichen Haare, das gleiche Lächeln und den gleichen heiteren Ausdruck musste auch jene Frau oder jenes Mädchen haben, an die er noch nicht einmal zu denken wagte.

Aber diese Schwarze, mit der dunklen Hautfarbe und den struppigen Haaren, mit dem Anflug von Schnurrbart ist sicher verdreht und nicht gut ... Eine »Zigeunerin« – Aratow konnte keine verächtlichere Bezeichnung erfinden –, was soll er mit ihr?

Aratow hatte aber nicht die Kraft, die schwarze Zigeunerin, deren Gesang und Deklamation und selbst deren Äußeres ihm gar nicht gefielen, aus seinem Hirn zu verdrängen. Er war ganz durcheinander und machte sich selbst Vorwürfe. Kurz vorher hatte er den Walter-Scott-Roman »Die Wasser von St. Ronan« gelesen (die vollständige Ausgabe der Werke Walter Scotts befand sich in der Bibliothek seines Vaters, der in diesem englischen Dichter einen ernsten, beinahe wissenschaftlichen Schriftsteller achtete). Die Heldin dieses Romans hieß Klara Mowbray. Ein russischer Dichter der vierziger Jahre, Krassow, hatte ihr ein Gedicht gewidmet, das mit den Worten endete:
Unselige Klara! Wahnsinnige Klara!
Unselige Klara Mowbray!

Aratow kannte auch dieses Gedicht. Und nun kamen ihm diese Worte immer wieder in den Sinn: »Unselige Klara, wahnsinnige Klara! ...« – Darum war er auch so erstaunt, als Kupfer ihm sagte, das junge Mädchen heiße mit dem Vornamen Klara.

Selbst Platoscha fiel an ihm etwas auf: nicht etwa eine Veränderung in Jakows Stimmung – es war ja in ihm gar keine Veränderung eingetreten, aber etwas Seltsames in seinen Blicken und Reden.

Портрет этот был писан акварелью, довольно искусно, приятельницей-соседкой; но сходство, по уверенью всех, было поразительное. Такой же нежный профиль, такие добрые, светлые глаза, такие же шелковистые волосы, такую же улыбку, такое же ясное выражение должна была иметь та женщина, та девушка, которой он даже еще не осмеливался ожидать...

А эта черномазая, смуглая, с грубыми волосами, с усиками на губе, она, наверно, недобрая, взбалмошная... "Цыганка" (Аратов не мог придумать худшего выражения), что она ему?

И между тем Аратов не в силах был выкинуть из головы своей эту черномазую цыганку, пение и чтение и самая наружность которой ему не нравились. Он недоумевал, он сердился на себя. Незадолго перед тем он прочел роман Вальтера Скотта "Сен-Ронанские воды" (полное собрание сочинений Вальтера Скотта находилось в библиотеке его отца, который уважал в английском романисте серьезного, чуть не научного писателя) Героиня этого романа называется Кларой Мобрай. Поэт сороковых годов, Красов, написал на нее стихотворение, оканчивающееся словами:

Несчастная Клара! Безумная Клара!

Несчастная Клара Мобрай!

Аратов знал также это стихотворение. И вот теперь эти слова беспрестанно приходили ему на память... "Несчастная Клара! Безумная Клара!" (Оттого он и удивился так, когда Купфер назвал ему Клару Милич.) Сама Платоша заметила - не то чтобы перемену в настроении Якова, в нем, собственно, никакой перемены не произошло, - а что-то неладное в его взглядах, в его речах.

Sie erkundigte sich vorsichtig nach dem literarischen Nachmittag, den er besucht hatte, flüsterte, seufzte, sah ihn aufmerksam von vorne, von der Seite und von rückwärts an, schlug sich plötzlich mit den Händen auf die Schenkel und rief aus:

»Jascha, jetzt weiß ich, was es ist!«

»Was ist denn los?« fragte Aratow.

»Du bist dort sicher auf eine von den Schweifschlepperinnen gestoßen« – so pflegte Platonida Iwanowna alle Damen in modernen Toiletten zu nennen. »Sie hat wohl eine hübsche Fratze, dreht sich hin und dreht sich her, schneidet Gesichter« – Platoscha stellte das alles mimisch dar – »lässt die Blicke schweifen« – sie zeigte auch das, indem sie mit dem Zeigefinger einige große Kreise in der Luft beschrieb. »Und du hast dir vor lauter Ungewohnheit irgendetwas eingebildet ... Es macht aber nichts, Jascha, es macht gar nichts! Trink vor dem Schlafengehen eine Tasse Tee, und fertig! Hilf Gott!«

Platoscha verstummte und zog sich zurück. Es war wohl die erste längere, lebhafte Rede, die sie in ihrem Leben gehalten hatte.

Aratow aber sagte sich: Die Tante hat wohl recht. Das kommt alles von der Ungewohntheit ... Er hatte ja tatsächlich zum ersten Mal im Leben die Aufmerksamkeit eines weiblichen Wesens erregt; er hatte wenigstens bisher nichts dergleichen gemerkt. – Man darf sich nicht so gehen lassen!

Und er vertiefte sich in seine Bücher, trank abends eine Tasse Lindenblütentee und schlief die Nacht sogar sehr gut und ohne Träume. Am nächsten Morgen machte er sich wieder, als ob nichts geschehen wäre, an die Fotografie.

Abends aber wurde seine Seelenruhe wieder getrübt.

Она осторожно расспросила его о литературном утре, на котором он присутствовал; пошептала, повздыхала, поглядела на него спереди, поглядела сбоку, сзади – и вдруг, хлопнув ладонями себе по ляжкам, воскликнула:

– Ну, Яша! Я вижу, в чем дело!

– Что такое? – переспросил Аратов.

– Ты, наверное, на этом утре встретил какую-нибудь из этих хвостовозок... (Платонида Ивановна называла так всех барынь, носящих модные платья.) Рожица у ней смазливая – и так она ломается – и сяк кривляется (Платоша представила все это в лицах), и глазами такие круги описывает (и это она представила, проводя указательным пальцем большие круги по воздуху)... Тебе с непривычки и показалось... но ведь это ничего, Яша... ни-и-чего не значит! Выпей чайку на ночь... и конец! Господи, помоги!

Платоша умолкла и удалилась... Она отроду едва ли произносила такую длинную и оживленную речь... а Аратов подумал: "Тетка-то, чай, права... С непривычки все это... (Ему действительно в первый раз пришлось возбудить к себе внимание особы женского пола... во всяком случае он этого прежде не замечал.) Баловать себя не надо".

И он принялся за свои книги, а на ночь напился липового чаю – и даже спал хорошо всю эту ночь и снов не видел. На следующее утро он опять как ни в чем не бывало занялся фотографией...

Но к вечеру его душевный покой возмутился снова.

VI

Abends brachte ihm ein Dienstmann einen Zettel, in dem in unregelmäßigen, großen, weiblichen Schriftzügen Folgendes stand: »Wenn Sie erraten können, wer das schreibt, und wenn es Sie nicht langweilt, so kommen Sie morgen Nachmittag auf den Twerskoi-Boulevard – gegen fünf Uhr – und warten Sie dort. Man wird Sie nicht lange aufhalten. Es ist aber sehr wichtig. Kommen Sie.«

Eine Unterschrift fehlte.

Aratow erriet sofort, von wem der Zettel war, und das empörte ihn. »Was für Unsinn!« sagte er sich beinahe laut. »Das fehlte mir noch gerade. Natürlich gehe ich nicht hin.«

Er ließ dennoch den Dienstmann zurückrufen, erfuhr aber von ihm nur, dass ihm der Brief auf der Straße von einem Dienstmädchen übergeben worden war. Aratow entließ den Dienstmann, las den Brief noch einmal durch und warf ihn auf den Boden ... Etwas später hob er ihn wieder auf, las ihn noch einmal durch, sagte wieder: »Unsinn!«, warf ihn aber diesmal nicht auf den Boden, sondern steckte ihn in eine Schublade. Er versuchte, an seine gewohnten Arbeiten zu gehen, bald an die eine, bald an die andere, es wollte ihm aber diesmal nichts gelingen. Plötzlich merkte er, dass er eigentlich auf Kupfer wartete! Er wollte ihn wohl ausfragen, oder es ihm vielleicht sogar mitteilen – Kupfer kam aber nicht. Aratow nahm seinen Puschkin vor, las den Brief Tatjanas durch und überzeugte sich von Neuem, dass die »Zigeunerin« den tieferen Sinn des Briefes gar nicht verstanden hatte. Und dieser dumme Kupfer spricht von einer Viardot und Rachel! Er trat vor sein Pianino, hob fast unbewusst den Deckel und versuchte die Melodie des Tschaikowskijschen Liedes aus dem Gedächtnis zu reproduzieren. Er klappte aber den Deckel geärgert gleich wieder zu und ging zur Tante. In ihrem überheizten Zimmer roch es ewig nach Minze, Salbei und andern Heilkräutern und standen und lagen so viele kleine Teppiche, Etageren, Fußbänkchen, Kissen und weiche Möbel herum, dass ein Fremder sich darin kaum

VI

А именно: рассыльный принес ему записку следующего содержания, написанную неправильным и крупным женским почерком:

"Если вы догадываетесь, кто вам пишет, и если это вам не скучно, приходите завтра после обеда на Тверской бульвар – около пяти часов – и ждите. Вас задержат недолго. Но это очень важно. Придите".

Подписи не было. Аратов тотчас догадался, кто была его корреспондента, – и это именно его возмутило. "Что за вздор! – промолвил он почти вслух, – этого еще недоставало. Разумеется, я не пойду". Он, однако, велел позвать рассыльного, от которого узнал только то, что письмо ему было вручено горничной на улице. Отпустив его, Аратов перечел письмо, бросил его на пол... Но погодя немного поднял и опять перечел; вторично воскликнул: "Вздор!" – однако на пол письма уже не бросил, а спрятал в ящик. Аратов принялся за свои обычные занятия, то за одно, то за другое; но дело у него спорилось и не клеилось. Он вдруг заметил за самим собою, что ожидает Купфера! Хотел ли он расспросить его или, быть может, даже сообщить ему... Но Купфер не являлся. Потом Аратов достал Пушкина, прочел письмо Татьяны и снова убедился, что та "цыганка" совсем не поняла настоящего смысла этого письма. А этот шут Купфер кричит: "Рашель! Виардо!" Потом он подошел к своему пианино, как-то бессознательно приподнял его крышку, попытался отыскать на память мелодию романса Чайковского; но тотчас же с досадой захлопнул пианино и пошел в тетке, в ее особенную, всегда жарко натопленную комнату, с вечным запахом мяты, шалфея и других целебных трав и с таким множеством ковриков, этажерок, скамеечек, подушечек и разной мягкой мебели, что непривычному человеку и повернуться было в этой

rühren und fast nicht atmen konnte. Platonida Iwanowna saß mit ihrem Strickzeug am Fenster – sie strickte für Jaschenjka ein warmes Halstuch, und zwar das achtunddreißigste in seinem Leben – und war über sein Erscheinen sehr erstaunt. Aratow besuchte sie äußerst selten; wenn er von ihr etwas wollte, rief er sonst immer mit seiner hohen Stimme aus dem Arbeitszimmer: »Tante Platoscha!« – Sie forderte ihn aber zum Sitzen auf, richtete ein Auge durch die Brille auf ihn, das andere über die Brille und war, in Erwartung seiner Worte, ganz Ohr. Sie erkundigte sich nicht nach seinem Befinden und bot ihm auch keinen Tee an, denn sie sah, dass er nicht deswegen zu ihr gekomen war.

Aratow rückte zuerst verlegen hin und her und begann dann von seiner Mutter zu sprechen: wie sie mit seinem Vater gelebt und wie der Vater sie kennengelernt habe. Er wusste das alles sehr genau, wollte aber unbedingt darüber sprechen. Zu seinem Unglück hatte Tante Platoscha gar kein Konversationstalent und beantwortete seine Fragen sehr kurz, als hätte sie ihn im Verdacht, dass er gar nicht deswegen zu ihr gekommen sei.

»Gewiss«, wiederholte sie immer wieder, die Stricknadeln sehr schnell, vielleicht mit einer gewissen Gereiztheit bewegend. »Gewiss, deine Mutter war eine Taube, eine sanfte Taube. Und dein Vater liebte sie, wie ein Mann seine Frau lieben muss: ehrlich und treu bis in den Tod. Er hat auch keine andere Frau geliebt«, fügte sie hinzu, wobei sie die Stimme hob und die Brille von der Nase nahm.

»War sie von Natur schüchtern?« fragte Aratow nach einer Pause.

»Gewiss, sehr schüchtern. Wie es eben dem weiblichen Geschlecht geziemt. Dreiste Frauenzimmer sind ja erst in der letzten Zeit aufgekommen.«

»Hat es denn zu Ihren Zeiten keine dreisten gegeben?«

»Es gab auch in unserer Zeit welche – wann hat es solche nicht gegeben?! Aber wer waren sie?

комнате трудно и дышать стеснительно. Платонида Ивановна сидела под окном с спицами в руках (она вязала Яшеньке шарф, счетом в течение его жизни – тридцать восьмой!) – и очень изумилась. Аратов заходил к ней редко и, если ему было что нужно, всякий раз кричал тоненьким голосом из своего кабинета: "Тетя Платоша!" Однако она его усадила и в ожидании его первых слов насторожилась, глядя на него одним глазом через круглые очки, другим выше их. Она не осведомилась о его здоровье и не предложила ему чаю, ибо видела, что он пришел не за тем. Аратов немного помялся... потом заговорил... заговорил о своей матери, о том, как она жила с отцом и как отец с ней познакомился. Все я это он знал очень хорошо... но ему хотелось говорить именно об этом. На его беду, Платоша совсем беседовать не умела; отвечала очень кратко, словно она подозревала, что и не за этим пришел Яша.

– Что ж! – повторяла она, поспешно, чуть не с досадой шевеля спицами. – Известно: мать твоя была голубка... голубка, как есть... И отец твой любил ее, как следует мужу, верно и честно, по самый гроб; и никакой другой женщины он не любил, – прибавила она, возвысив голос и сняв очки.

– А робкого она была нрава? – спросил, помолчав. Аратов.

– Известно, робкого. Как следует женскому полу. Смелые-то в последнее время завелись.

– А в ваше время смелых не было?

– Было и в наше... как не быть! Да ведь кто?

Irgendwelche schamlose Herumtreiberinnen, die mit gerafften Röcken wie besessen durch die Straßen rannten ... Was riskierten sie auch? Wenn sie auf einen Dummen stießen, so hatten sie eben Glück. Anständige Menschen wollten aber von ihnen nichts wissen. Kannst du dich denn erinnern, bei uns im Hause so ein Frauenzimmer gesehen zu haben?«

Aratow antwortete nichts und ging wieder in sein Arbeitszimmer. Platonida Iwanowna blickte ihm nach, schüttelte den Kopf, setzte sich die Brille auf und machte sich wieder an das Halstuch. Jetzt war sie aber nicht mehr ganz bei der Sache und ließ die Stricknadeln mehr als einmal auf den Schoß fallen.

Aratow aber dachte den ganzen Tag bis zum späten Abend immer wieder mit dem gleichen Ärger, mit der gleichen Erbosung an den Zettel, an die Zigeunerin und an das Stelldichein, zu dem er natürlich nicht gehen würde. Die Zigeunerin hielt auch nachts alle seine Sinne gefangen. Er sah immer ihre bald zusammengekniffenen, bald weit geöffneten Augen mit dem durchdringenden, gerade auf ihn gerichteten Blick und ihre unbeweglichen Züge mit dem zwingenden Ausdruck.

Am nächsten Morgen wartete er wieder, er wusste selbst nicht warum, auf Kupfer; beinahe hätte er ihm sogar einen Brief geschrieben. Im Übrigen tat er nichts und ging in seinem Arbeitszimmer auf und ab. Er ließ den Gedanken gar nicht in sich aufkommen, dass er zu dem dummen Rendezvous gehen würde. Aber um halb vier, nach dem Mittagessen, das er in aller Eile hinuntergestürzt hatte, zog er plötzlich den Mantel an, stülpte sich die Mütze auf, verließ, ohne der Tante auch nur ein Wort zu sagen, das Haus und begab sich auf den Twerskoi-Boulevard.

Так, потаскушка какая-нибудь, бесстыжая. Зашлюндает подол – да и мечется зря... Ей что? Какая печаль? Подвернется дурачок – ей и на руку. А степенные люди пренебрегали. Ты вспомни, разве ты в нашем доме таких видал?

Аратов ничего не ответил и вернулся к себе в кабинет. Платонида Ивановна посмотрела ему вслед, покачала головою и опять надела очки, опять взялась за шарф... но не раз задумывалась и роняла спицы на колени.

А Аратов до самой ночи, нет-нет да и начнет опять с той же досадой, с тем же озлоблением размышлять об этой записке, о "цыганке", о назначенном свидании, на которое он наверное не пойдет! И ночью она его беспокоила. Ему все мерещились ее глаза, то прищуренные, то широко раскрытые, с их настойчивым, прямо на устремленным взором, – и эти неподвижные черты с их властительным выражением...

На следующее утро он опять почему-то все ожидал Купфера; чуть-чуть было не написал ему письма... а впрочем, ничего не делал... все больше расхаживал по своему кабинету. Он ни одно мгновенье не допускал к себе даже мысли, что пойдет на этот глупый "рандеву"... и в половине четвертого часа, после торопливо проглоченного обеда, внезапно надев шинель и нахлобучив шапку, украдкой от тетки выскочил на улицу и отправился на Тверской бульвар.

VII

Aratow traf auf dem Boulevard nur sehr wenige Passanten. Die Witterung war feucht und recht kalt. Er gab sich Mühe, an sein Beginnen gar nicht zu denken, und alle Dinge, auf die er stieß, aufmerksam zu betrachten. Er hatte sich beinahe eingeredet, dass er ganz einfach, ebenso wie alle Leute, denen er begegnete, spazieren gehe. Der gestrige Brief lag in seiner Brusttasche, und er fühlte ihn fortwährend daliegen. Er ging zweimal durch den Boulevard, betrachtete aufmerksam jedes weibliche Wesen, dem er begegnete, und hatte furchtbares Herzklopfen. Er spürte Müdigkeit und setzte sich auf eine Bank. Plötzlich kam ihm der Gedanke: Vielleicht ist der Brief gar nicht von ihr, sondern von irgendeiner andern Frau? Eigentlich hätte es ihm auch ganz gleich sein sollen – und doch musste er sich gestehen, dass es ihm nicht gleichgültig war. Das wäre ja schon gar zu dumm! sagte er sich. Noch dümmer als das andere!

Eine nervöse Unruhe bemächtigte sich seiner; es fröstelte ihn, doch von innen und nicht von außen. Er holte einige Male die Uhr aus der Westentasche, steckte sie dann wieder ein und vergaß jedes Mal, wie viel Minuten bis fünf Uhr noch blieben. Es schien ihm, dass alle Vorübergehenden ihn mit spöttischem Erstaunen und Neugierde betrachteten. Irgendein gemeiner Köter lief auf ihn zu, schnüffelte an seinen Beinen und wedelte mit dem Schwanz. Er drohte ihm mit dem Stock. Am meisten ärgerte er sich über einen Lehrjungen in langem Zwillichrock, der auf einer Bank gegenübersaß und ihn, bald pfeifend, bald sich juckend und mit den in großen zerrissenen Stiefeln steckenden Beinen baumelnd, fortwährend ansah.

Der Meister wartet wohl auf ihn, dachte sich Aratow, der Faulenzer sitzt aber da und tut nichts ...

VII

Аратов застал на нем немного прохожих. Погода стояла сырая и довольно холодная. Он старался не размышлять о том, что делал, заставлял себя обращать внимание на все попадавшиеся предметы и как бы уверял себя, что и он так же вышел погулять, как и те прохожие... Вчерашнее письмо находилось у него в боковом кармане, и он постоянно чувствовал его присутствие. Он прошелся раза два по бульвару, зорко вглядываясь в каждую подходившую к нему женскую фигуру – и сердце его билось, билось... Он почувствовал усталость и присел на лавочку. И вдруг ему пришло в голову: "Ну, а если это письмо написано не ею, а кем-нибудь другим, другой женщиной?" По-настоящему, это для него должно было быть все едино... и, однако же, он должен был самому себе признаться, что этого он не желал. "Уж очень было бы глупо, – подумалось ему, – еще глупей того!" Нервное беспокойство начинало овладевать им; он стал зябнуть – не извне, а изнутри. Он несколько раз вынул часы из кармана жилета, глядел на циферблат, клал их обратно и всякий раз забывал, сколько оставалось минут до пяти часов. Ему казалось, что все мимо идущие как-то особенно, с каким-то насмешливым удивлением и любопытством оглядывали его. Дрянная собачонка подбежала, понюхала его ноги и стала вертеть хвостом. Он сердито на нее замахнулся. Больше всех надоедал ему фабричный мальчик, в затрапезном халате, который уселся на скамье, по той стороне бульвара – и то посвистывая, то почесываясь и болтая ногами в громадных прорванных сапогах – то и дело посматривал на него. "Ведь вот, – думал Аратов, – хозяин наверное его ждет – а он тут, лентяй, баклуши бьет..."

Im selben Augenblick fühlte er aber, wie sich ihm jemand näherte und hinter ihm stehen blieb. Es wehte ihn mit seltsamer Wärme an ...

Er sah sich um: Es war sie!

Er erkannte sie sofort, obwohl ihr Gesicht von einem dichten dunkelblauen Schleier verdeckt war. Er sprang auf und blieb stehen, außerstande auch nur ein Wort zu sagen. Auch sie schwieg. Er fühlte sich sehr verlegen, aber auch sie schien es zu sein. Aratow sah sogar durch den Schleier, wie leichenblass sie plötzlich wurde. Aber sie fing als Erste zu sprechen an.

»Ich danke Ihnen«, begann sie mit gebrochener Stimme, »ich danke, dass Sie gekommen sind. Ich hoffte gar nicht ...« Sie wandte den Kopf etwas zur Seite und ging weiter. Aratow folgte ihr.

»Sie verurteilen mich vielleicht«, fuhr sie fort, ohne das Gesicht zu ihm zu wenden. »Mein Entschluss ist in der Tat sehr seltsam. Ich habe aber so viel über Sie gehört ... Doch nein, das ist nicht der Grund. Wenn Sie wüssten ... Ich wollte Ihnen so vieles sagen, mein Gott! Aber wie soll ich es tun, wie soll ich es tun?«

Aratow ging, ein wenig zurückbleibend, an ihrer Seite. Er konnte ihr Gesicht nicht sehen, er sah nur den Hut und einen Teil des Schleiers – und den schwarzen, langen, ziemlich abgetragenen Umhang. Der ganze Ärger über sie und sich selbst war plötzlich wiedergekehrt; er fühlte auf einmal, wie lächerlich und sinnlos dieses Stelldichein, diese Aussprache zwischen zwei wildfremden Menschen in einer öffentlichen Anlage war.

»Ich kam auf Ihre Einladung«, fing er nun an, »ich kam, gnädiges Fräulein (ihre Schultern erzitterten leise, sie bog in einen Seitenweg ab, und er folgte ihr), nur um festzustellen – um das seltsame Missverständnis aufzuklären,

Но в это самое мгновенье ему почудилось, что кто-то подошел и близко стал сзади его... чем-то теплым повеяло оттуда...

Он оглянулся... Она!

Он тотчас узнал ее, хотя густая темно-синяя вуаль закрывала ее черты. Он мгновенно вскочил со скамьи – да так и остался и слова не мог промолвить. Она тоже молчала. Он чувствовал большое смущение... но и ее смущенье было не меньше: Аратов даже сквозь вуаль не мог не заметить, как мертвенно она побледнела. Однако она заговорила первая.

– Спасибо, – начала она прерывистым голосом, – спасибо, что пришли. Я не надеялась... – Она слегка отвернулась и пошла по бульвару. Аратов отправился вслед за нею.

– Вы, может быть, меня осудили, – продолжала она, не оборачивая головы. – Действительно, мой поступок очень странен... Но я много слышала о вас... да нет! Я... не по этой причине... Если б вы знали... Я так много хотела вам сказать, Боже мой! Но как это сделать... Как это сделать!

Аратов шел с ней рядом, немного позади. Он не видел ее лица; он видел только ее шляпу да часть вуали... да длинную, черную, уже поношенную мантилью. Вся его досада и на нее и на себя вдруг к нему вернулась; все смешное, все нелепое этого свиданья, этих объяснений между совершенно незнакомыми людьми, на публичном бульваре, предстало ему вдруг.

– Я явился на ваше приглашение, – начал он в свою очередь, – явился, милостивая государыня (ее плеча тихонько дрогнули – она свернула на боковую дорожку – он последовал за ней), для того только, чтобы разъяснить, чтобы узнать, вследствие какого странного недоразумения вам было угодно обратить-

das Sie veranlasste, sich an mich, einen Ihnen völlig fremden Menschen, zu wenden, der nur aus dem Grunde, wie Sie sich selbst ausdrückten, erraten hat, dass Sie die Briefschreiberin sind, weil es Ihnen beliebte, während jenes literarischen Nachmittags ihm eine allzu ... allzu auffällige Aufmerksamkeit zuzuwenden!«

Aratow hielt diese kurze Rede mit jener gespannten doch festen Stimme, mit der sehr junge Menschen im Examen eine Frage zu beantworten pflegen, auf die sie sich besonders gut vorbereitet haben. Er zürnte. Dieser Zorn hatte ihm auch seine sonst wenig gelenkige Zunge gelöst.

Sie ging mit etwas verlangsamten Schritten immer weiter. Aratow folgte ihr und sah noch immer nur den alten Umhang und den ebenfalls nicht sehr neuen Hut. Seine Selbstachtung litt unter dem Gedanken, dass sie sich jetzt sagen müsste: Ich brauchte ihm nur zu winken, und er kam sofort gelaufen!

Aratow schwieg. Er wartete noch immer auf ihre Antwort, aber sie sagte nichts. »Ich bin bereit, Sie anzuhören«, begann er von Neuem, »und es wird mich sogar sehr freuen, wenn ich Ihnen irgendwie nützlich sein kann; obwohl ich wiederum staunen muss – bei meiner zurückgezogenen Lebensweise ...«

Bei seinen letzten Worten wandte sich Klara plötzlich nach ihm um, und er sah ein so erschrockenes, so tief trauriges Gesicht mit so hellen großen Tränentropfen in den Augen und einem so schmerzvollen Ausdruck um die halb geöffneten Lippen – und dieses Gesicht war schön –, dass er plötzlich stockte und sogar etwas wie Angst, zugleich aber auch Mitleid und Rührung spürte.

ся ко мне, человеку вам чужому, который... который потому только и догадался, – как вы выразились в вашем письме – что писали ему именно вы... потому догадался, что вам, в течение того литературного утра, захотелось высказать ему слишком... слишком явное внимание!

Вся эта небольшая речь была произнесена Аратовым тем, хоть и звонким, но нетвердым голосом, каким очень еще молодые люди отвечают на экзамене по предмету, к которому они хорошо приготовились... Он сердился; он гневался... Этот-то самый гнев и развязал его в обыкновенное время не очень свободный язык.

Она продолжала идти по дорожке несколько замедленными шагами... Аратов по-прежнему шел за нею и по-прежнему видел одну эту старенькую мантилью да шляпку, тоже не совсем новую. Самолюбие его страдало при мысли, что вот теперь она должна думать:

"Мне стоило только знак подать – и он тотчас прибежал!"

Аратов молчал... он ожидал, что она ему ответит; но она не произносила ни слова.

– Я готов выслушать вас, – начал он опять, – и очень даже буду рад, если могу быть вам чем-нибудь полезен... хотя все-таки мне, признаюсь, удивительно... При моей уединенной жизни...

Но при последних его словах Клара внезапно к нему обернулась – и он увидал такое испуганное, такое глубоко опечаленное лицо, с такими светлыми большими слезами на глазах, с таким горестным выражением вокруг раскрытых губ – и так было это лицо прекрасно, что он невольно запнулся и сам почувствовал нечто вроде испуга и сожаления и умиления.

»Ach, warum – warum sprechen Sie so ...«, sagte sie, und ihre Stimme klang ungemein rührend. »Habe ich Sie denn damit, dass ich mich an Sie wandte, beleidigen können? Haben Sie mich gar nicht verstanden? Ach ja! Sie haben nichts davon verstanden, was ich Ihnen sagte! Sie haben sich, Gott weiß, was von mir gedacht und sich nicht einmal gefragt, welche Mühe es mich kostete, Ihnen zu schreiben. Sie waren nur um sich selbst, um Ihre Würde und Ihre Ruhe besorgt! Habe ich denn ... (Sie drückte ihre Hände, die sie vor dem Munde hielt, so fest zusammen, dass Aratow die Finger knacken hörte.) Als ob ich von Ihnen etwas verlangte, als ob irgendwelche Aufklärungen nötig wären: ›Gnädiges Fräulein‹, ›ich muss staunen‹, ›nützlich sein‹ ... Ach, ich Wahnsinnige! Ich ließ mich von Ihnen, von Ihrem Gesicht täuschen. Als ich Sie zum ersten Male sah ... Ja, so stehen Sie da – und kein einziges Wort! Werde ich denn kein einziges Wort zu hören bekommen?«

Sie flehte. Ihr Gesicht wurde rot und bekam einen bösen und herausfordernden Ausdruck. »Mein Gott, wie dumm!« rief sie, schrill auflachend, aus. »Wie dumm ist doch dieses Stelldichein! Wie dumm bin ich! Und auch Sie ... Pfui!«

Sie winkte verächtlich mit der Hand, als ob sie ihn zur Seite schieben wollte, lief an ihm vorbei, verließ schnell den Boulevard und verschwand.

Diese Handbewegung, das beleidigende Lachen und ihr letzter Ausruf versetzten Aratow sofort in seine frühere Stimmung und erstickten in ihm das Gefühl, das sich in seiner Seele geregt hatte, als sie sich mit Tränen in den Augen an ihn wandte. Er wurde wieder böse und war bereit, dem Mädchen nachzurufen: Sie haben wohl das Zeug zu einer guten Schauspielerin, warum müssen Sie aber unbedingt vor mir Komödie spielen?

– Ах, зачем... зачем вы так... – промолвила она с неотразимо искренней и правдивой силой – и как трогательно зазвенел ее голос! – Неужели мое обращение к вам могло оскорбить вас... неужели вы ничего не поняли? Ах да! Вы не поняли ничего, вы не поняли, что я вам говорила, вы Бог знает что вообразили обо мне, вы даже не подумали, чего мне это стоило – написать вам! Вы только о себе заботились, о своем достоинстве, о своем покое! Да разве я (она так сильно стиснула свои поднесенные к губам руки, что пальцы явственно хрустнули)... Точно я какие требования к вам предъявляла, точно нужны были сперва разъяснения... "Милостивая государыня...", "мне даже удивительно...", "Я могу быть полезным..." Ах я, безумная! Я обманулась в вас, в вашем лице! Когда я увидала вас в первый раз... Вот... Вы стоите... И хоть бы слово! Так-таки ни слова?

Она умолкла... Лицо ее внезапно вспыхнуло – и так же внезапно приняло злое и дерзкое выражение.

– Господи! как это глупо! – воскликнула она вдруг с резким хохотом. – Как наше свидание глупо! Как я глупа! да и вы... Фуй! Она презрительно двинула рукою, словно отстраняя его прочь с дороги, и, минуя его, быстро сбежала с бульвара и исчезла.

Это движение рукою, этот оскорбительный хохот, это последнее восклицание разом возвратили Аратову его прежнее настроение и заглушили в нем то чувство, которое возникло в его душе, когда с слезами на глазах она к нему обратилась. Он опять рассердился и чуть не закричал вслед удалявшейся девушке: "Из вас может выйти хорошая актриса, но зачем вы вздумали надо мной-то комедию ломать?"

Mit großen Schritten eilte er nach Hause. Obwohl er unterwegs noch immer böse und empört war, drang doch durch alle die bösen und gehässigen Gefühle, ohne dass er es wollte, die Erinnerung an jenes wunderbare Gesicht, das er nur einen Augenblick lang gesehen hatte. Er fragte sich sogar: Warum antwortete ich ihr nicht, als sie mich um ein einziges Wort bat? – Ich hatte nicht Zeit ... sagte er sich. Sie ließ mich gar nicht zu Worte kommen ... Und was für ein Wort hätte ich ihr auch sagen können? – Er schüttelte aber gleich wieder den Kopf und sagte missbilligend: »Komödiantin!«

Und dennoch: Dem anfangs verletzten Ehrgeiz des unerfahrenen, nervösen Jünglings schmeichelte es irgendwie, dass er eine solche Leidenschaft hatte wecken können.

In diesem Augenblick aber, fuhr er in seinen Gedanken fort, ist natürlich alles zu Ende. Ich bin ihr offenbar lächerlich vorgekommen ...

Dieser Gedanke war ihm unangenehm, und er wurde wieder böse – über sich selbst und über sie. Nach Hause zurückgekehrt, schloss er sich in seinem Arbeitszimmer ein: Er wollte Platoscha jetzt nicht sehen.

Die gute Alte kam zweimal vor seine Tür, drückte das Ohr ans Schlüsselloch, seufzte und flüsterte ihr Gebet. Es hat angefangen! dachte sie. Er ist aber kaum fünfundzwanzig ... Viel zu früh, viel zu früh!

VIII

Aratow war den ganzen folgenden Tag missgestimmt.

»Was hast du, Jascha?« fragte ihn Platonida Iwanowna: »Du kommst mir heute so zerzaust vor!«

Dieser eigentümliche Ausdruck der Alten kennzeichnete ziemlich richtig den Seelenzustand Aratows. Er konnte nicht arbeiten und wusste selbst nicht, was er eigentlich wollte.

Большими шагами вернулся он домой, – и хотя продолжал и досадовать и негодовать в течение всей дороги, однако в то же время сквозь все эти нехорошие, враждебные чувства невольно пробивалось воспоминание о том чудном лице, которое он видел один только миг... Он даже поставил себе вопрос: "Отчего я не ответил ей, когда она требовала от меня хоть слово? Я не успел... – думал он... – Она мне не дала произнести это слово. И какое слово я бы произнес?"

Но он тотчас тряхнул головою и с укоризною промолвил: "Актерка!"

И опять-таки в то же время – самолюбие неопытного, нервического юноши, сперва оскорбленное, теперь как будто было польщено тем, что вот, однако, какую он внушил страсть...

"Но зато в эту минуту, – продолжал он свои размышления, – все это, разумеется, кончено... Я должен был показаться ей смешным..." Эта мысль ему была неприятна – и он снова сердился... и на нее... и на себя. Возвратившись домой, он заперся в своем кабинете. Ему не хотелось видеться с Платошей. Добрая старушка раза два подходила к его двери – прикладывалась ухом к замочной скважине – и только вздыхала да шептала свою молитву...

"Началось! – думалось ей... – А ему всего двадцать пятый год. Ох, рано, рано!"

VIII

Весь следующий день, Аратов был очень не в духе. "Что ты, Яша? – говорила ему Платонида Ивановна, – ты сегодня какой-то растрепанный?!" На своеобразном языке старушки выражение это довольно верно определяло нравственное состояние Аратова. Работать он не мог, да и сам не знал, чего ему желалось?

Bald wartete er wieder auf Kupfer (er war überzeugt, dass Klara seine Adresse von Kupfer bekommen hatte; von wem sonst hätte sie auch »so viel über ihn hören« können?); bald fragte er sich erstaunt, ob seine Bekanntschaft mit ihr schon zu Ende sei; bald bildete er sich ein, dass sie ihm wieder schreiben würde; bald fragte er sich, ob er ihr nicht schreiben und alles erklären sollte: Er wollte ja immerhin keinen schlechten Eindruck zurücklassen ... Was sollte er ihr aber erklären? – Bald weckte er in sich eine Abscheu vor ihr und ihrer frechen Zudringlichkeit; bald sah er wieder jenes unsagbar rührende Gesicht vor sich und hörte ihre überzeugende, bezaubernde Stimme; bald rief er in sich die Erinnerung an ihren Gesang und ihre Rezitation wach und zweifelte, ob sein ablehnendes Urteil auch gerecht war. Mit einem Worte: Er war zerzaust! Endlich hatte er genug davon und beschloss, sich, wie man sagt, in die Hand zu nehmen und diese ganze Geschichte zu vergessen, da sie ihm bei seinen Arbeiten zweifellos hinderlich war und seine Ruhe störte. Es fiel ihm aber gar nicht so leicht, diesen Entschluss durchzuführen. Es dauerte länger als eine Woche, ehe er wieder ins gewohnte Gleis kam. Kupfer ließ sich glücklicherweise nicht blicken: Er schien aus Moskau verschwunden zu sein. Kurz vor dieser Geschichte hatte Aratow angefangen, sich mit Malerei, die er bei seinen fotografischen Arbeiten brauchte, zu beschäftigen; nun widmete er sich ihr mit doppeltem Eifer.

So vergingen unbemerkt – wenn auch mit »Rückfällen«, die zum Beispiel darin bestanden, dass er einmal beinahe einen Besuch bei der Fürstin abstattete – zwei und drei Monate, und Aratow war wieder der alte. Aber tief unter der Oberfläche des Lebens regte sich etwas Dunkles und Schweres, das ihn auf allen Wegen begleitete.

То он опять поджидал Купфера (он подозревал, что Клара именно от Купфера получила его адрес... да и кто другой мог ей "много говорить" о нем?); то он недоумевал: неужели так и должно кончиться его знакомство с нею? то он воображал, что она ему напишет опять; то он себя спрашивал, не следует ли ему написать ей письмо, в котором он все объяснит, – так как он все же не желает оставить невыгодное о себе мнение... но, собственно, что объяснить? То он возбуждал в себе чуть не отвращение к ней, к ее назойливости, дерзости; то ему снова представлялось это несказанно трогательное лицо и слышался неотразимый голос; то он припоминал ее пенье, ее чтенье – и не знал, прав ли он был в своем огульном осуждении? Одним словом: растрепанный человек! Наконец это ему все надоело – и он решился, как говорится, "взять на себя" и похерить всю эту историю, так как она, несомненно, мешала его занятиям и нарушала его покой. Не так-то легко далось ему исполнить это решение... Более нежели недели прошло, прежде чем он опять попал в обычную колею. К счастью, Купфер совсем не являлся: точно его и в Москве не было. Незадолго до "истории" Аратов начал заниматься живописью для фотографических целей; он с удвоенным рвением принялся за нее.

Так, незаметно, с некоторыми, как выражаются доктора, "возвратными припадками", состоявшими, например, в том, что он раз чуть не отправился с визитом к княгине, прошло два... прошло три месяца... и Аратов стал прежним Аратовым. Только там, внизу, под поверхностью его жизни, что-то тяжелое и темное тайно сопровождало его на всех его путях.

So schwimmt ein großer, eben am Angelhaken hängen gebliebener, aber noch nicht aus dem Wasser gezogener Fisch am tiefen Grunde des Flusses unter dem Kahn, in dem der Fischer mit der festen Angelschnur in der Hand sitzt.

Eines Tages aber stieß Aratow beim Lesen einer nicht mehr neuen Nummer der »Moskauer Nachrichten« auf folgende Notiz: »Mit tiefstem Bedauern«, schrieb irgendein Mitarbeiter aus Kasan, »tragen wir in unserer Theaterchronik die Nachricht vom plötzlichen Hinscheiden unserer begabten Schauspielerin Klara Militsch ein, die während ihres kurzen Engagements zum Liebling unseres recht wählerischen Publikums geworden ist. Unsere Trauer ist um so größer, als Fräulein Militsch ihrem jungen, so vielversprechenden Leben mit Gift ein freiwilliges Ende gemacht hat. Der Fall ist um so schrecklicher, als die Künstlerin das Gift im Theater selbst eingenommen hat. Kaum hatte man sie in ihre Wohnung gebracht, als sie zum allgemeinen Bedauern den Geist aufgab. Es wird behauptet, dass es eine unerwiderte Liebe war, die sie in den Tod getrieben hat.«

Aratow legte die Zeitungsnummer ganz langsam wieder auf den Tisch. Äußerlich schien er ruhig, aber etwas hatte ihm plötzlich einen Stoß vor die Brust und vor den Kopf versetzt und sich dann langsam durch alle seine Glieder verbreitet. Er stand auf, blieb eine Weile auf einem Fleck stehen, setzte sich wieder hin und las die Zeitungsnotiz noch einmal. Dann stand er wieder auf, legte sich aufs Bett, verschränkte die Hände im Nacken und starrte, wie benebelt, lange auf die Wand. Die Wand floss allmählich auseinander und verschwand – und er sah den Boulevard unter dem grauen Himmel und sie im schwarzen Umhang – dann sah er sie auf dem Podium und sich selbst an ihrer Seite. Das, was ihn im ersten Augenblick so stark vor die Brust gestoßen hatte, stieg jetzt allmählich zur Kehle hinauf.

Так большая, только что пойманная на крючок, но еще не выхваченная рыба плывет по дну глубокой реки под самой той лодкой, на которой сидит рыбак с крепкой лесою в руке.

И вот однажды, пробегая уже не совсем свежие "Московские ведомости", Аратов наткнулся на следующую корреспонденцию:

"С великим прискорбием, – писал некий местный литератор из Казани, – заносим мы в нашу театральную летопись весть о внезапной кончине нашей даровитой актрисы Клары Милич, успевшей в короткое время ее ангажемента сделаться любимицей нашей разборчивой публики. Прискорбие наше тем сильнее, что г-жа Милич самовольно покончила со своей молодой, столь много обещавшей жизнью, посредством отравления. И это отравление тем ужаснее, что артистка приняла яд в самом театре! Ее едва довезли домой, где она, к общему сожалению, скончалась. В городе ходят слухи, что неудовлетворенная любовь довела ее до этого страшного поступка".

Аратов тихонько положил номер газеты на стол. На вид он остался совершенно спокойным... но что-то разом толкнуло его в грудь и голову – и медленно поплыло потом по всем его членам. Он встал, постоял немного на месте и опять сел, опять перечел эту корреспонденцию. Потом он опять встал, лег на кровать и, заложив руки за голову, как отуманенный, долго глядел на стену. Понемногу эта стена словно сгладилась... исчезла... и он увидал перед собою и бульвар под серым небом, и ее в черной мантилье... потом ее же на эстраде... увидал даже самого себя возле нее. То, что так сильно толкнуло его в грудь в первое мгновенье, стало теперь подниматься... подниматься к горлу...

Er wollte husten, er wollte jemand rufen, aber seine Stimme versagte, und aus seinen Augen flossen zu seinem eigenen Erstaunen unaufhaltsam die Tränen. Was hatte diese Tränen hervorgerufen? Mitleid? Reue? Oder hatten seine Nerven der plötzlichen Erschütterung einfach nicht standhalten können? Sie hatte ihm doch nichts bedeutet. Oder doch?

Vielleicht ist das Ganze gar nicht wahr? ging es ihm plötzlich durch den Sinn. Ich muss mich erkundigen. Doch bei wem? Bei der Fürstin? Nein, bei Kupfer? Es heißt ja, dass er gar nicht in Moskau ist? Es ist ganz gleich! Zuerst muss ich zu ihm!

Mit diesen Gedanken beschäftigt, zog sich Aratow schnell an, nahm eine Droschke und fuhr zu Kupfer.

IX

Er hoffte gar nicht, ihn zu treffen, traf ihn aber doch. Kupfer war tatsächlich einige Zeit verreist gewesen, aber schon seit acht Tagen zurückgekehrt und hatte sogar die Absicht gehabt, Aratow aufzusuchen. Er empfing ihn wie immer freundlich und begann ihm etwas zu erklären. Aratow unterbrach ihn aber ungeduldig mit der Frage: »Hast du es gelesen? Ist es wahr?«

»Was ist wahr?« fragte Kupfer verdutzt.

»Das von Klara Militsch?«

Kupfers Gesicht drückte Bedauern aus. »Ja, mein Lieber, es ist wahr: Sie hat sich vergiftet! Wie schrecklich!«

»Hast du es auch in der Zeitung gelesen?« fragte Aratow nach einer Pause. »Oder warst du vielleicht selbst in Kasan?«

»Ich war in Kasan. Die Fürstin und ich hatten sie hingebracht. Sie ging dort zur Bühne und hatte großen Erfolg. Ich war aber noch vor der Katastrophe abgereist. Ich war in Jaroslawl.«

»In Jaroslawl?«

»Ja. Ich hatte die Fürstin dorthin begleitet. Sie hat sich jetzt in Jaroslawl niedergelassen.«

Он хотел откашляться, хотел позвать кого-нибудь, но голос изменил ему, – и, к собственному его изумлению, из глаз неудержимо покатились слезы... Что вызвало эти слезы? Жалость? Раскаяние? Или просто нервы не выдержали внезапного потрясения? Ведь для него она была ничем? Не так ли?

"Да, может быть, это еще неправда? – вдруг осенила его мысль. – Надо узнать! Но от кого? От княгини? Нет, от Купфера... от Купфера! Да его, говорят, в Москве нет? Все равно! Сперва к нему надо!" С этими соображениями в голове Аратов наскоро оделся, взял извозчика и поскакал к Купферу.

IX

Не надеялся он его застать... а застал. Купфер точно отлучался из Москвы на некоторое время, но уже с неделю как вернулся и даже снова собирался посетить Аратова. Он встретил его с обычным радушием – и начал было ему что-то объяснять... но Аратов тотчас перебил его нетерпеливым вопросом:

– Ты читал? Правда?

– Что правда? – отвечал озадаченный Купфер.

– Насчет Клары Милич?

Лицо Купфера выразило сожаление.

– Да, да, брат, правда; отравилась! Такое горе!

Аратов помолчал.

– Да ты тоже в газете вычитал? – спросил он, – или, может быть, сам и ездил в Казань?

– Я ездил в Казань точно; мы с княгиней ее туда отвезли. Она на сцену там поступила – и большой успех имела. Только до самой катастрофы я там не дожил... Я в Ярославле был.

– В Ярославле?

»Du hast aber doch zuverlässige Nachrichten?«

»Die zuverlässigsten, aus erster Hand! Ich habe ja in Kasan ihre Familie kennengelernt. Aber mir scheint, mein Lieber, dass dich diese Nachricht sehr aufgeregt hat? Und doch glaube ich, Klara hätte dir damals gar nicht gefallen. Mit Unrecht! Sie war ein herrliches Mädchen, aber eigensinnig! Ein Tollkopf! Ihr Tod hat mir großen Schmerz bereitet!«

Aratow sagte kein Wort und ließ sich in einen Stuhl sinken. Etwas später bat er Kupfer, ihm zu erzählen.

»Was denn?« fragte Kupfer.

»Ja, alles – « antwortete Aratow unsicher. »Zum Beispiel von ihrer Familie und vom Übrigen. Alles, was du weißt!«

»Interessiert es dich denn? Gerne!«

Und Kupfer, dem man den Schmerz um Klara gar nicht ansehen konnte, begann zu erzählen.

Aratow erfuhr von ihm, dass Klara Militsch mit ihrem richtigen Namen Katerina Milowidow hieß; dass ihr verstorbener Vater etatsmäßiger Zeichenlehrer zu Kasan gewesen war, schlechte Porträts und Bilder gemalt und im Rufe eines Trunkenbolds und Haustyrannen gestanden hatte; dabei sei er ein gebildeter Mensch gewesen! (Kupfer lächelte selbstzufrieden über das von ihm eben erfundene Wortspiel.) Dass dieser Vater eine Witwe und eine Tochter hinterlassen hatte: Die erstere sei vom Kaufmannsstand, ein furchtbar dummes Frauenzimmer, wie einer Komödie Ostrowskijs entnommen, die Tochter aber, viel älter als Klara und ihr nicht im geringsten ähnlich, ein sehr kluges, doch etwas gar zu ekstatisches, krankes, wunderbares und außerordentlich gebildetes Mädchen.

– Да. Я княгиню туда проводил... Она теперь в Ярославле поселилась.

– Но ты имеешь верные сведения?

– Вернейшие... из первых рук! Я в Казани с ее семейством познакомился. Да, постой, брат... тебя, кажется, это известие очень волнует? А, помнится, тебе Клара тогда не понравилась? Напрасно. Чудная была девушка – только голова! Бедовая голова! Очень я о ней сокрушался!

Аратов не промолвил слова, опустился на стул – и погодя немного попросил Купфера рассказать ему... Он запнулся.

– Что? – спросил Купфер.

– Да... все, – ответил с расстановкой Аратов. – Вот хоть насчет ее семейства... и прочего. Все, что знаешь!

– А это тебя интересует? Изволь!

И Купфер, по лицу которого вовсе нельзя было заметить, чтобы он уж очень так сокрушался о Кларе, начал рассказывать.

Из его слов Аратов узнал, что настоящее имя Клары Милич было Катерина Миловидова; что отец ее, теперь уже умерший, был штатным учителем рисования в Казани, писал плохие портреты и казенные образа – да к тому же слыл за пьяницу и за домашнего тирана... а еще образованный человек! (тут Купфер самодовольно засмеялся, намекая тем на сделанный им каламбур); что после него остались, во-первых, вдова из купеческого рода, совсем глупая баба, прямо из комедий Островского; а во-вторых, дочь, гораздо старше Клары и на нее не похожая – девушка очень умная, только восторженная, больная, замечательная девушка – и преразвитая, братец ты мой!

Dass die beiden – die Witwe und die Tochter – in recht anständigen Verhältnissen in einem hübschen Häuschen, das aus dem Erlös für jene schlechten Bilder gekauft worden ist, leben; dass Klara oder Katja (nenne sie, wie du willst) schon als Kind erstaunliche Begabung gezeigt, sich aber durch einen ungestümen, launischen Charakter ausgezeichnet und sich ewig mit dem Vater herumgeschlagen habe; da sie eine angeborene Begabung fürs Theater gehabt habe, sei sie in ihrem sechzehnten Lebensjahr mit einer Schauspielerin aus dem Elternhause durchgebrannt.

»Mit einem Schauspieler?« unterbrach ihn Aratow.

»Nein, nicht mit einem Schauspieler, sondern mit einer Schauspielerin, an der sie sehr hing. Diese Schauspielerin wurde von einem reichen, sehr alten Herrn protegiert, der sie nur aus dem Grunde nicht heiratete, weil er schon anderweitig verheiratet war. Ich glaube übrigens, dass auch die Schauspielerin einen Mann hatte.«

Kupfer teilte Aratow ferner mit, dass Klara schon vor ihrem Auftreten in Moskau auf verschiedenen Provinzbühnen gespielt und gesungen hatte; dass sie, nachdem sie ihre Freundin, die Schauspielerin, verloren (ihr Mäzen war entweder gestorben oder hatte sich mit seiner Frau versöhnt – Kupfer wusste es nicht mehr genau), mit der Fürstin, dieser Frau mit dem goldenen Herzen, bekannt geworden war, »die du, mein Freund Jakow Andrejitsch, nicht nach Gebühr zu schätzen wusstest«; dass sie schließlich ein ihr angebotenes Engagement nach Kasan angenommen, obwohl sie vorher behauptet hatte, Moskau niemals verlassen zu wollen.

»Wie die Kasaner sie lieb gewonnen haben, ist einfach nicht zu sagen! Bei jeder Vorstellung Blumen und Geschenke! Blumen und Geschenke! Ein Getreidehändler, der reichste Mann im Gouvernement, hat ihr sogar einmal ein goldenes Tintenfass überreicht!« – Kupfer erzählte das alles sehr lebhaft, ohne übrigens besondere Empfindsamkeit zu zeigen und seine Rede immer mit Fragen wie: »Warum interessiert dich das?« »Was brauchst du das zu wissen?« unterbre-

Что живут они обе – и вдова и дочь, безбедно, в порядочном домике, приобретенном от продажи тех плохих портретов и образов; что Клара... или Катя, как хочешь, с детских лет поражала всех своей даровитостью – но нрава была непокорного, капризного – и постоянно грызлась с отцом; что, имея врожденную страсть к театру, на шестнадцатом году убежала из родительского дома с актрисой...

– С актером? – перебил Аратов.

– Нет, не с актером, а с актрисой, к которой привязалась... Правда, у этой актрисы был покровитель, богатый и уже старый барин, который потому только на ней не женился, что сам был женат, да и актриса кажется, была женщина замужняя. – Далее, Купфер сообщил Аратову, что Клара уже до приезда в Москву играла и пела на провинциальных театрах; что, потеряв свою приятельницу актрису (барин тоже, кажется, умер или опять с женой сошелся – этого Купфер хорошенько не помнил...), познакомилась с княгиней, этой золотой женщиной, которую ты, друг мой, Яков Андреич, – прибавил с чувством рассказчик, – не умел оценить как следует; что, наконец, Кларе предложили ангажемент в Казани – и что она его приняла, хотя перед тем уверяла, что Москвы никогда не покинет! Зато, как казанцы ее полюбили – даже удивительно! Что ни представление – букеты и подарок! Букеты и подарок! Хлебный торговец, первый по губернии туз, тот даже золотую чернильницу преподнес! – Купфер рассказал все это с большим оживлением, не выказывая, впрочем, особой сентиментальности и прерывая речь вопросами: "Это тебе зачем?..." или; "Это на что?"

chend, während Aratow ihm mit verzehrender Spannung zuhörte und immer mehr Einzelheiten forderte. Als Kupfer endlich alles, was er wusste, berichtet hatte, verstummte er und belohnte sich für seine Mühe mit einer Zigarre.

»Und warum hat sie sich vergiftet?« fragte Aratow. »In der Zeitung hieß es...«

Kupfer warf beide Arme empor. »Ja, das kann ich wirklich nicht sagen. Ich weiß es nicht. Was in der Zeitung steht, ist Unsinn. Klaras Lebenswandel war tadellos –; sie hatte gar keine Liebesaffären. Wie käme sie auch dazu mit ihrem Stolz?! Stolz war sie wie der Satan und unzugänglich! Ein Tollkopf! Hart wie Stein! Du kannst es mir glauben: Ich kannte sie doch gewiss gut, habe aber niemals Tränen in ihren Augen gesehen!«

Ich habe aber welche gesehen, dachte Aratow.

»Aber in der letzten Zeit«, fuhr Kupfer fort, »hatte ich an ihr eine große Veränderung wahrgenommen: Sie war auf einmal so trübsinnig und schweigsam geworden, stundenlang konnte man von ihr kein Wort zu hören bekommen. Wie oft habe ich sie gefragt: ›Hat Sie vielleicht jemand beleidigt, Katerina Semjonowna?‹ Ich kannte ja ihren Charakter: Sie konnte keine Beleidigung ertragen! Sie schweigt aber, und es ist aus ihr nichts herauszubekommen. Selbst die Erfolge auf der Bühne machten ihr keine Freude mehr; die Blumen regnen auf sie nur so nieder, und sie lächelt nicht einmal! Das goldene Tintenfass sah sie nur einmal an und stellte es gleich weg. Sie beklagte sich, dass noch niemand für sie die richtige Rolle, wie sie sie verstehe, geschrieben hätte. Das Singen gab sie aber ganz auf. Ich muss es dir beichten, mein Lieber! Ich hatte ihr damals erzählt, dass du an ihrem Gesang die Schule vermisstest. Und doch ist es ganz unbegreiflich, warum sie sich vergiftet hat! Und wie sie sich vergiftet hat!«

– когда Аратов, слушавший его с пожирающим вниманием, требовал все больших да больших подробностей. Все было высказано наконец, и Купфер умолк, наградив себя за труд сигаркой.

– А отчего же она отравилась? – спросил Аратов. – В газете напечатано...

Купфер взмахнул руками.

– Ну... этого я не могу сказать... Не знаю. А газета врет. Вела себя Клара примерно... амуров никаких... Да и где с ее гордостью! Горда она была – как сам сатана – и неприступна! Бедовая голова! Тверда, как камень! Веришь ли ты мне – уж на что я ее близко знал – а никогда на ее глазах слез не видел!

"А я видел", – подумал про себя Аратов.

– Только вот что, – продолжал Купфер, – в последнее время я большую перемену в ней заметил; скучная такая стала, молчит, по целым часам слова от нее не добьешься. Уж я ее спрашивал: не обидел ли кто вас, Катерина Семеновна? Потому я знал ее нрав: обиду перенести она не могла! Молчит, да и баста! Даже успехи на сцене ее не веселили; букеты сыплются... а она и не улыбнется! На золотую чернильницу взглянула раз – и в сторону!

Жаловалась, что настоящей роли, как она ее понимает, никто ей не напишет. И петь совсем бросила. Я, брат, виноват! Передал ей тогда, что ты в ней школы не находишь. Но все-таки... отчего она отравилась – непостижимо! Да и как отравилась!

»In welcher Rolle hatte sie den größten Erfolg?« Aratow wollte eigentlich fragen, in welcher Rolle sie zum letzten Male aufgetreten war, fragte aber aus irgendeinem Grunde etwas ganz anderes.

»Wenn ich nicht irre, in Ostrowskijs ›Grunja‹. Ich muss es aber noch einmal sagen: gar keine Liebesaffären! Urteile doch selbst. Sie lebte im Hause ihrer Mutter. Du kennst wohl solche Kaufmannshäuser: In jeder Ecke hängt ein Heiligenbild mit einem brennenden Lämpchen davor, die Luft ist zum Sterben dumpf, ein widerlicher, säuerlicher Geruch in allen Zimmern, im Salon stehen längs der Wände Stühle und sonst keine Möbel, und auf allen Fensterbänken Geranien; und wenn ein Gast ins Haus kommt, fängt die Hausfrau zu stöhnen an, wie wenn ein Feind sie überfallen hätte. Wie kann man da an irgendwelche Liebesaffären denken? Es kam vor, dass man selbst mich nicht einließ. Ihre Dienstmagd, ein kräftiges Frauenzimmer in rotem Sarafan mit Hängebrüsten, tritt mir im Vorzimmer in den Weg und knurrt: ›Wo wollen Sie hin?‹ – Nein, ich kann unmöglich begreifen, warum sie sich vergiftet hat. Das Leben machte ihr offenbar keine Freude mehr!« Kupfer schloss mit dieser philosophischen Betrachtung seinen Bericht.

Aratow saß mit gesenktem Kopf. »Kannst du mir vielleicht die Adresse des Hauses in Kasan geben?« sagte er nach einer Pause.

»Gewiss, was brauchst du sie? Willst du vielleicht hinschreiben?«

»Vielleicht.«

»Wie du willst. Die Alte wird dir aber nicht antworten, weil sie weder zu lesen noch zu schreiben versteht. Höchstens die Schwester. Ja, die Schwester ist ein ungewöhnlich kluges Mädchen! Aber ich muss doch über dich staunen, mein Bester: früher diese Gleichgültigkeit und jetzt dieses Interesse! Das kommt alles von deiner einsamen Lebensweise!«

— В какой роли она... больше имела успеха? — Аратов хотел было узнать, в какой роли она выступила в последний раз, но почему-то спросил другое.

— Помнится, в "Груне" Островского. Но повторяю тебе: амуров никаких! Ты одно посуди: жила она у матери в доме... Знаешь — есть такие купеческие дома: в каждом углу киот и лампадка перед киотом, духота смертельная, пахнет кислятиной, в гостиной по стенам одни стулья, на окнах герань — а приедет гость — хозяйка взахается — словно неприятель подступает. Какие уж тут ферлакуры да амуры? Бывало, даже меня не пускают. Служанка ихняя, баба здоровенная, в кумачовом сарафане, с отвислыми грудями, станет в передней поперек — да и рычит: "Куды?" Нет, я решительно не понимаю, с чего она отравилась. Жить, значит, надоело, — философически заключил Купфер свои рассуждения.

Аратов сидел, потупя голову.

— Можешь ты мне дать адрес этого дома в Казани? — промолвил он наконец.

— Могу; но на что тебе? Или ты письмо туда послать хочешь?

— Может быть.

— Ну, как знаешь. Только старуха тебе не ответит, ибо безграмотна. Вот разве сестра... О, сестра умница! Но опять-таки удивляюсь, брат, тебе! Какое прежде равнодушие... а теперь какое внимание! Все это, любезный, от одиночества!

Aratow entgegnete nichts auf diese Bemerkung, schrieb sich die Kasaner Adresse auf und ging.

Als er vorhin zu Kupfer fuhr, drückte sein Gesicht Erregung, Erstaunen und Erwartung aus. Jetzt ging er mit gleichmäßigen Schritten, die Augen gesenkt, den Hut tief in die Stirn gedrückt, nach Hause. Fast jeder Vorbeigehende sah ihm mit forschenden Blicken nach. Er gab aber auf die Vorbeigehenden nicht acht: ganz anders als damals auf dem Boulevard.

»Unselige Klara! Wahnsinnige Klara!« klang es in seiner Seele.

X

Den folgenden Tag fühlte sich Aratow verhältnismäßig ruhig. Er konnte sogar seinen gewohnten Beschäftigungen nachgehen. Dabei dachte er aber unausgesetzt an Klara und an alles, was Kupfer ihm gestern gesagt hatte. Seine Gedanken waren allerdings recht friedlicher Natur. Es schien ihm, dass jenes seltsame Mädchen ihn nur vom psychologischen Standpunkt aus interessiere, wie eine Art Rätsel, dessen Lösung wohl einiges Kopfzerbrechen wert sei. Sie ist mit einer ausgehaltenen Schauspielerin durchgebrannt, dachte er sich, hat sich in den Schutz der Fürstin begeben, bei der sie wohl auch wohnte – und soll keine Liebesaffären gehabt haben? Das klingt zu unwahrscheinlich! Kupfer sagt zwar, sie sei zu stolz gewesen. Erstens wissen wir aber (Aratow meinte: Wir haben es in Büchern gelesen) ... wir wissen, dass Stolz sich wohl mit Leichtsinn vereinbaren lässt; zweitens, wie brachte sie es bei ihrem Stolz fertig, einen Menschen zum Stelldichein einzuladen, der sie mit Verachtung behandeln könnte? ... Und sie auch tatsächlich so behandelt hat, und das auf einem öffentlichen Boulevard! Aratow fiel wieder die Szene auf dem Boulevard ein, und er fragte sich, ob er sie tatsächlich mit Verachtung behandelt hätte. Nein! sagte er sich zuletzt. Es war ein anderes Gefühl. Ein Nichtverstehen ... vielleicht auch Misstrauen!

Аратов ничего не ответил на это замечание и ушёл, запасшись казанским адресом.

Когда он ехал к Купферу, на лице его изображалось волнение, изумление, ожидание... Теперь он шел ровной походкой, с опущенными глазами, с надвинутой на лоб шляпой; почти каждый встречный прохожий провожал его пытливым взором... но он не замечал прохожих... не то что на бульваре!

"Несчастная Клара! Безумная Клара!" – звучало у него на душе.

X

Однако следующий день Аратов провел довольно спокойно. Он даже мог предаться обычным занятиям. Одно только: и во время занятий, и в свободное время он постоянно думал о Кларе, о том, что ему накануне сказал Купфер. Правда, его думы были тоже довольно мирного свойства. Ему казалось, что эта странная девушка интересовала его с психологической точки зрения, как нечто вроде загадки, над разрешением которой стоило бы поломать голову. "Убежала с актрисой на содержании, – думалось ему, – отдалась под покровительство этой княгини, у которой, кажется, жила – и никаких амуров? Неправдоподобно! Купфер говорит: гордость! Но, во-первых, мы знаем (Аратову следовало сказать: мы вычитали в книгах)... мы знаем, что гордость уживается с легкомысленным поведением; а, во-вторых, как же она, такая гордая, назначила свидание человеку, который мог оказать ей презрение... и оказал... да еще в публичном месте... на бульваре!" Тут Аратову вспомнилась вся сцена на бульваре – и он спросил себя: "Точно ли он оказал Кларе презрение? Нет, – решил он... – Это было другое чувство... чувство недоумения... недоверчивости наконец!

Unselige Klara! klang es ihm wieder im Kopfe. Ja, sie ist wohl unselig, das ist der richtige Ausdruck. – Und wenn dem so ist, so war ich ungerecht. Sie hatte recht, als sie sagte, ich hätte sie nicht verstanden. Schade! Ein vielleicht ganz außerordentliches Geschöpf ging so nahe an mir vorbei, und ich machte keinen Gebrauch davon und stieß sie zurück ... Nun, das macht doch nichts! Das ganze Leben liegt noch vor mir. Vielleicht stehen mir noch ganz andere Begegnungen bevor!

Warum hat sie aber gerade mich erwählt? Er warf einen Blick auf den Spiegel, an dem er eben vorbeiging. Was ist denn an mir Besonderes? Bin ich denn besonders hübsch? Ein Gesicht wie jedes andere ... Übrigens war auch sie keine Schönheit.

Keine Schönheit, aber welch ein ausdrucksvolles Gesicht! Unbeweglich und doch so ausdrucksvoll! So ein Gesicht habe ich doch noch nie gesehen. Sie hat auch Talent – sie hatte es vielmehr. Ein wildes, unentwickeltes, sogar rohes, aber doch ein zweifelloses Talent ... Auch darin war ich ungerecht gegen sie. Aratow dachte an jenen literarisch-musikalischen Nachmittag zurück und merkte, dass er sich eines jeden von ihr gesprochenen oder gesungenen Wortes, jeder Tonänderung mit außerordentlicher Schärfe erinnerte... Das wäre doch unmöglich, wenn sie gar kein Talent gehabt hätte.

Und jetzt ruht das alles im Grabe, in das sie sich selbst gestürzt hat. Ich bin dabei unbeteiligt. Mich trifft keine Schuld! Es wäre sogar lächerlich zu glauben, dass ich daran irgendwie schuldig sei. Aratow ging wieder der Gedanke durch den Kopf, dass sein Benehmen beim Stelldichein unbedingt habe enttäuschen müssen. Darum hatte sie ja auch beim Abschiednehmen so grausam aufgelacht. Wo sind auch die Beweise dafür, dass sie sich aus Liebesgram vergiftet hat? Diese Zeitungskorrespondenten schreiben ja jeden Selbstmord unglücklicher Liebe zu! Solchen Naturen wie Klara erscheint das Leben oft unerträglich und langweilig.

Несчастная Клара! – снова прозвучало у него в голове. – Да, несчастная, – решил он опять... – Это самое подходящее слово. А коли так – я был несправедлив. Она верно сказала, что я ее не понял. Жаль! такое, быть может, замечательное существо прошло так близко мимо.... и я не воспользовался, я оттолкнул... Ну, ничего! Жизнь еще вся впереди. Пожалуй, еще не такие случаются встречи!

Но с какой стати она именно меня выбрала? – Он взглянул на зеркало, мимо которого проходил. – Что во мне особенного? И какой я красавец? – Так лицо... как все лица... Впрочем, и она не красавица.

Не красавица... а какое выразительное лицо! Неподвижное... а выразительное! Я такого лица еще не встречал. И талант у ней есть... то есть был, несомненный. И в этом случае я был к ней несправедлив. – Аратов мысленно перенесся на литературно-музыкальное утро... и сам заметил за собою, что он чрезвычайно ясно вспоминал каждое пропетое и сказанное ею слово, каждую интонацию... – Этого бы не случилось, если б она была лишена таланта.

И теперь все это в могиле, куда она сама себя толкнула... Но я тут ни причем... Я не виноват! Было бы даже смешно думать, что я виноват. – Аратову опять пришло в голову, что если бы даже и было у ней "что-нибудь такое" – его поведение во время свидания несомненно ее разочаровало... Оттого-то она так жестоко и рассмеялась на прощание. – Да и где доказательство, что она отравилась от несчастной любви? Это одни газетные корреспонденты всякую подобную смерть приписывают несчастной любви! Людям с таким характером, как у Клары, жизнь легко становится постылой... скучной.

Ja, langweilig. Kupfer hat recht: Das Leben machte ihr einfach keine Freude mehr.

Trotz der Erfolge und Ovationen? Aratow wurde nachdenklich. Die psychologische Analyse, der er sich jetzt hingab, machte ihm sogar Vergnügen. Er ahnte selbst nicht, welche Bedeutung für ihn, der bisher noch niemals mit Frauen in Berührung gekommen war, diese gespannte Untersuchung einer weiblichen Seele hatte.

Folglich fuhr er in seinen Betrachtungen fort, folglich gab ihr die Kunst keine Befriedigung und vermochte die Leere ihres Lebens nicht zu füllen. Die echten Künstler leben ja nur für die Kunst und für das Theater. Alles Übrige erblasst vor dem, was sie für ihren Beruf halten ... Sie war eben Dilettantin!

Aratow wurde wieder nachdenklich. Nein, das Wort »Dilettantin« passte so wenig zu ihrem Gesicht, zum Ausdruck ihrer Augen.

Vor ihm schwebte wieder das Bild Klaras mit den auf ihn gerichteten tränenerfüllten Augen und den zusammengepressten, an die Lippen gedrückten Händen.

»Ach, nicht doch, nicht doch!« flüsterte er: »Wozu?«

So verging der ganze Tag. Beim Mittagessen unterhielt er sich viel mit Tante Platoscha und fragte sie nach den alten Zeiten aus, an die sie sich übrigens schlecht erinnerte und von denen sie kaum etwas sagen konnte, da sie überhaupt wenig redegewandt war und in ihrem ganzen Leben außer ihrem Jascha kaum etwas bemerkt hatte. Sie freute sich nur darüber, dass er sich plötzlich so freundlich und liebenswürdig zeigte. Gegen Abend war Aratow schon so ruhig, dass er mit der Tante sogar einige Partien Karten spielte.

So verging der Tag. Aber die Nacht ...

Да, скучной. Купфер прав: просто ей надоело жить.

"Несмотря на успехи, на овации?" Аратов задумался. Ему даже приятен был психологический анализ, которому он предавался. Чуждый до сих пор всякого соприкосновения с женщинами, он и не подозревал, как знаменательно было для него самого это напряженное разбирательство женской души.

"Значит, – продолжал он свои размышления, – искусство не удовлетворяло ее, не наполняло пустоты ее жизни. Настоящие художники только и существуют для художества, для театра... Все остальное бледнеет перед тем, что они считают свои призваньем... Она была дилетантка!"

Тут Аратов опять задумался. Нет, слово "дилетантка" не вязалось с тем лицом, с выражением того лица, тех глаз...

И перед ним опять всплыл образ Клары с устремленным на него, залитым слезами взором, с приподнятыми к губам, стиснутыми руками...

– Ах, не надо, не надо... – прошептал он... – К чему?

Так прошел целый день. За обедом Аратов много разговаривал с Платошей, расспрашивал ее о старине, которую она, впрочем, и помнила и передавала плохо, так как не очень-то владела языком – и, кроме своего Яши, в течение своей жизни почти ничего не замечала. Она только радовалась тому, что вот он какой сегодня добрый да ласковый! К вечеру Аратов затих до того, что сыграл несколько раз с теткой в свои козыри.

Так прошел день... – зато ночь!!

XI

Die Nacht begann recht gut; er schlief schnell ein, und als die Tante zu ihm auf den Fußspitzen hereinkam, um den Schlafenden, wie sie es jede Nacht tat, dreimal zu bekreuzen, atmete er ruhig wie ein Kind. Aber kurz vor Tagesanbruch hatte er einen Traum.

Es träumte ihm: Er ging über eine leere steinige Steppe unter einem niederen Himmel. Zwischen den Steinen wand sich ein Pfad; er ging diesen Pfad entlang. Plötzlich erhob sich vor ihm etwas wie ein leichtes Wölkchen. Er sah es aufmerksam an; das Wölkchen verwandelte sich in ein weibliches Wesen in weißem Kleid mit hellem Gürtel um die Hüften. Sie wollte von ihm weglaufen. Er konnte weder ihr Gesicht noch ihre Haare sehen: Ein langer Schleier verdeckte sie. Er wollte sie unbedingt einholen und ihr in die Augen blicken. Wie sehr er auch seine Schritte beschleunigte, sie war schneller als er.

Auf dem Pfad lag ein Stein, breit und flach wie eine Grabplatte. Der Stein versperrte ihr den Weg. Sie blieb stehen. Aratow holte sie ein. Sie wandte sich zu ihm um, er konnte aber ihre Augen auch jetzt nicht sehen – sie waren geschlossen. Ihr Gesicht war weiß wie Schnee, die Hände hingen unbeweglich herab. Sie glich einer Statue.

Langsam, ohne auch nur ein Glied zu biegen, beugt sie sich zurück und lässt sich auf die Steinplatte sinken ... Aratow liegt im Nu an ihrer Seite, ausgestreckt wie eine Grabfigur, und seine Hände sind wie bei einem Toten gefaltet.

Plötzlich erhob sie sich und entfernte sich von ihm. Auch Aratow wollte aufstehen, konnte sich aber weder rühren noch die Hände heben. Er konnte ihr nur voller Verzweiflung nachblicken.

XI

Началась она хорошо; он скоро заснул – и когда тетка вошла к нему на цыпочках, чтобы трижды перекрестить его спящего – она это делала каждую ночь, – он лежал и дышал спокойно, как дитя. Но перед зарею ему привиделся сон.

Ему снилось: он шел по голой степи, усеянной камнями, под низким небом. Между камнями вилась тропинка; он пошел по ней.

Вдруг перед ним поднялось нечто вроде тонкого облачка. Он вглядывается; облачко стало женщиной в белом платье с светлым поясом вокруг стана. Она спешит от него прочь. Он не видел ни лица ее, ни волос... их закрывала длинная ткань. Но он непременно хотел догнать ее и заглянуть ей в глаза. Только как он ни торопился – она шла проворнее его.

На тропинке лежал широкий, плоский камень, подобный могильной плите. Он преградил ей дорогу... Женщина остановилась. Аратов подбежал к ней. Она к нему обернулась – но он все-таки не увидал ее глаз... они были закрыты. Лицо ее было белое, как снег; руки висели неподвижно. Она походила на статую.

Медленно, не сгибаясь ни одним членом, отклонилась она назад и опустилась на ту плиту... И вот Аратов уже лежит с ней рядом, вытянутый весь, как могильное изваяние – и руки его сложены, как у мертвеца.

Но тут женщина вдруг приподнялась – и пошла прочь. Аратов хочет тоже подняться... но ни пошевельнуться, ни разжать рук он не может – и только с отчаяньем глядит ей вслед.

Sie wandte sich plötzlich um, und er erblickte helle, lebendige Augen in einem lebendigen, doch unbekannten Gesicht. Sie lachte, sie winkte ihm mit der Hand, und er konnte sich noch immer nicht rühren.

Sie lachte auf und entfernte sich von ihm, lustig mit dem Kopfe nickend, auf dem plötzlich ein Kranz aus kleinen roten Rosen aufleuchtete.

Aratow wollte aufschreien, wollte diesen schrecklichen Albdruck verscheuchen.

Plötzlich verdunkelte sich alles, und sie kehrte zu ihm zurück. Es war nicht mehr jene unbekannte Statue: Es war Klara. Sie blieb vor ihm stehen, kreuzte die Arme und sah ihn streng und unverwandt an. Ihre Lippen waren zusammengepresst, Aratow glaubte aber die Worte zu hören: »Wenn du wissen willst, wer ich bin, so reise hin!«

»Wohin?« fragte er.

»Dorthin!« antwortete die klagende Stimme »Dorthin!«

Aratow erwachte.

Er setzte sich im Bett auf, zündete die Kerze auf dem Nachttischchen an, stand aber nicht auf, sondern saß lange, ganz kalt vor Entsetzen, da und ließ die Blicke langsam um sich schweifen. Es war ihm, als ob mit ihm während der Nacht etwas vorgefallen wäre, als ob sich etwas in ihm festgesetzt, sich seiner bemächtigt hätte. »Ist es denn möglich?« flüsterte er wie geistesabwesend. »Gibt es denn eine solche Gewalt?«

Er konnte nicht länger im Bett bleiben. Er zog sich leise an und ging bis zum Morgen in seinem Zimmer auf und ab. Doch seltsam: An Klara dachte er keinen Augenblick mehr; er dachte nicht mehr an sie, weil er beschlossen hatte, am nächsten Tag nach Kasan zu fahren.

Er dachte nur an diese Reise, wie sie zu machen sei und was er mitnehmen sollte; wie er dort alles Nötige aufsuchen und erfahren und sich dann beruhigen werde.

Тогда женщина внезапно обернулась – и он увидал светлые, живые глаза на живом, но незнакомом лице. Она смеется, она манит его рукою... а он все не может пошевельнуться...

Она засмеялась еще раз – и быстро удалилась, весело качая головою, на которой заалел венок из маленьких роз.

Аратов силится закричать, силится нарушить этот страшный кошмар...

Вдруг все кругом потемнело... и женщина возвратилась к нему. Но это уже не та незнакомая статуя... это Клара. Она остановилась перед ним, скрестила руки – и строго и внимательно смотрит на него. Губы ее сжаты – но Аратову чудится, что он слышит слова: "Коли хочешь знать, кто я, поезжай туда!"

"Куда?" – спрашивает он.

"Туда, – слышится стенящий ответ. – Туда!"

Аратов проснулся.

Он приподнялся в постели, зажег свечку, стоявшую на ночном столике, – но не встал – и долго сидел, весь похолоделый, медленно осматриваясь кругом. Ему казалось, что с ним что-то свершилось с тех пор, как он лег; что в него что-то внедрилось... что-то завладело им. "Да разве это возможно? – шептал он бессознательно. – Разве существует такая власть?"

Он не мог остаться в постели. Он тихонько оделся – и до утра пробродил по комнате. И странное дело! О Кларе он не думал ни минуты – и не думал оттого, что решился на другой же день ехать в Казань!

Он думал только об этой поездке; о том, как это сделать, и что с собою взять, – и как он там все разыщет и узнает – и успокоится.

Wenn du nicht hinfährst, sagte er sich, so kannst du noch verrückt werden!

Er fürchtete es wirklich; er fürchtete für seine Nerven. Er war überzeugt, dass aller Zauber sich wie dieser nächtliche Albdruck verflüchtigen würde, sobald er alles mit seinen eigenen Augen sähe. Diese Reise wird ja höchstens eine Woche in Anspruch nehmen, dachte er. Was ist eine Woche? Anders werde ich es aber nicht los.

Die aufgehende Sonne erhellte sein Zimmer; das Tageslicht vermochte aber nicht, die auf ihm lastenden Schatten der Nacht zu verscheuchen und seinen Entschluss zu ändern.

Als Aratow Tante Platoscha seinen Entschluss mitteilte, traf sie beinahe der Schlag. Ihre Knie knickten ein, und sie hockte sich hin. »Wie, nach Kasan? Wozu nach Kasan?« flüsterte sie, ihn mit ihren halb blinden Augen anglotzend. Ihr Erstaunen wäre wohl kaum größer, wenn sie hören würde, dass ihr Jascha die Bäckerin aus dem Nachbarhaus heiraten oder nach Amerika gehen wolle. »Willst du für lange nach Kasan?«

»Ich komme nach einer Woche zurück«, antwortete Aratow, sich halb nach der Tante umwendend, die noch immer auf dem Boden hockte.

Platonida Iwanowna wollte noch etwas einwenden, aber da kam etwas ganz Unerwartetes, etwas, das ihr ganz ungewohnt war: Aratow schrie sie an: »Ich bin kein Kind mehr!« Er war totenblass geworden, seine Lippen zitterten, und seine Augen brannten gehässig. »Ich bin sechsundzwanzig Jahre alt, ich weiß, was ich tue, ich darf alles tun, was mir beliebt. Ich werde niemand gestatten ... Geben Sie mir Geld für die Reise, machen Sie mir den Koffer mit der Wäsche und den Kleidern fertig – und quälen Sie mich nicht! Nach einer Woche komme ich zurück, Platoscha«, fügte er etwas milder hinzu.

Platoscha erhob sich seufzend und schlich langsam, ohne zu widersprechen, in ihr Zimmer.

"Не поедешь, – рассуждал он сам с собою, – пожалуй, с ума сойдешь!" Он боялся этого; боялся своих нервов. Он был уверен, что, как только он там "все это" увидит воочию, всякие наваждения разлетятся – как тот ночной кошмар. "И всего-то на поездку пойдет неделя... – думал он, – что такое неделя? А иначе не отделаешься".

Вставшее солнце осветило его комнату; но свет дневной не разогнал налегших на него ночных теней и не изменил его решения.

С Платошей чуть не сделался удар, когда он сообщил ей это решение. Она даже на корточки присела... ноги у ней подкосились. "Как в Казань? Зачем в Казань?" – шептала она, выпучив и без того слепые глаза. Она бы не больше удивилась, если б узнала, что ее Яша женится на соседней булочнице или уезжает в Америку.

– И надолго в Казань?

– Я через неделю вернусь, – отвечал Аратов, стоя в полуоборот к тетке, все еще сидевшей на полу.

Платонида Ивановна хотела еще возражать – но Аратов совершенно неожиданным и необыкновенным образом закричал на нее.

– Я не ребенок, – закричал он и весь побледнел, и губы его задрожали, и глаза сверкнули злобно. – Мне двадцать шестой год, я знаю, что делаю, я волен делать, что хочу! Я никому не позволю... Дайте мне денег на дорогу, приготовьте чемодан с бельем и платьем... и не мучьте меня! Я через неделю вернусь, Платоша, – прибавил он более мягким голосом.

Платоша приподнялась кряхтя и, уже не возражая более, поплелась в свою комнатку.

Jascha hatte ihr große Angst gemacht. »Ich habe keinen Kopf mehr auf dem Nacken«, sagte sie zur Köchin, die ihr half, die Sachen einzupacken, »keinen Kopf, sondern einen Bienenkorb, und ich weiß gar nicht, was für Bienen darin summen. Nach Kasan will er fahren, meine Liebe, nach Ka-san!«

Die Köchin, die gestern bemerkt hatte, wie der Hausknecht sich lange mit einem Schutzmann unterhalten hatte, wollte es anfangs ihrer Herrin melden, entschloss sich aber doch nicht dazu. Sie dachte sich nur: Nach Kasan? Dass die Reise nur nicht weiter geht!

Platonida Iwanowna war so fassungslos, dass sie es sogar unterließ, ihr gewohntes Gebet zu sprechen. »Bei einem solchen Unglück kann ja auch der liebe Gott nicht helfen!«

Aratow reiste am gleichen Tage nach Kasan.

XII

Kaum war er in diese Stadt gekommen und in einem Gasthaus abgestiegen, als er sich auch gleich auf die Suche nach dem Hause der Witwe Milowidow machte. Während der ganzen Reise befand er sich in einer seltsamen Erstarrung, was ihn übrigens nicht hinderte, alles richtig zu machen: in Nischnij-Nowgorod die Eisenbahn mit dem Dampfschiff zu vertauschen, auf den Stationen zu essen und so weiter. Er war noch immer überzeugt, dass *dort* sich alles lösen würde; darum hielt er alle Erinnerungen und Betrachtungen von sich fern und begnügte sich mit den Vorbereitungen zum »Speech«, in dem er den Angehörigen Klaras seine Beweggründe klarmachen würde.

Endlich war er am Ziel und ließ sich anmelden. Man ließ ihn ein, wenn auch mit einiger Bestürzung und Angst.

Das Haus der Witwe Milowidow war tatsächlich so, wie Kupfer es beschrieben hatte; auch die Witwe selbst erinnerte an eine der Kaufmannsfrauen Ostrowskijs, obwohl sie eine Beamtenwitwe war: Ihr Mann hatte den Rang eines Kollegien-Assessors gehabt. Aratow entschuldigte sich zunächst wegen seiner Dreistigkeit und der Seltsamkeit seines Besuchs

Яша испугал ее. "Не голова у меня на плечах, – говорила она кухарке, помогавшей ей укладывать Яшины вещи, – не голова – в улей... и какие там пчелы жужжат – не знаю. В Казань уезжает, мать моя, в Каза-ань!" Кухарка, видевшая накануне, что дворник их о чем-то долго беседовал с городовым, хотела было доложить об этом обстоятельстве своей госпоже – да не посмела и только подумала: "В Казань! Как бы не подальше куда-нибудь!" А Платонида Ивановна до того растерялась, что даже обычной молитвы своей не произносила. В такой беде и Господь Бог помочь не мог!

В тот же день Аратов уехал в Казань.

XII

Не успел он прибыть в этот город и занять номер в гостинице – как уже бросился отыскивать дом вдовы Миловидовой. Во время всего путешествия он находился в каком-то оцепенении, что, впрочем, нисколько не мешало ему принимать все нужные меры, в Нижнем-Новгороде перебраться с железной дороги на пароход, кушать на станциях и т. п. Он по-прежнему был уверен, что там все разрешится – и потому отгонял от себя всякие воспоминания и соображения, удовлетворяясь одним: мысленным приготовлением того спича, в котором он изложит перед семейством Клары Милич настоящую причину своей поездки. Вот он наконец добрался до цели своего стремления, велел о себе доложить. Его впустили... с недоумением и испугом – но впустили.

Дом вдовы Миловидовой оказался действительно таким, каким описал его Купфер; и сама вдова точно походила на одну из купчих Островского, хотя была чиновница: муж ее состоял в чине коллежского асессора.

und hielt dann mit ziemlicher Mühe den vorbereiteten »Speech«. Er sprach von seinem Wunsch, alles Wissenswertes über die so jung verstorbene Künstlerin zu sammeln, und sagte, dass er dabei nicht von müßiger Neugierde, sondern von tiefer Sympathie für ihr Talent, dessen Verehrer (er gebraucht diesen Ausdruck: »Verehrer«) er gewesen sei, geleitet werde; dass es schließlich eine Sünde wäre, wenn man das Publikum in Unwissenheit darüber ließe, was es in ihr verloren habe und warum die auf sie gesetzten Hoffnungen nicht in Erfüllung gegangen waren.

Frau Milowidow unterbrach ihn nicht; sie verstand wohl kaum, was ihr dieser unbekannte Gast sagte, glotzte ihn erstaunt an und dachte sich nur, dass er ganz harmlos aussehe, anständig gekleidet, also kein Schwindler sei und wohl auch kein Geld erpressen werde.

»Sprechen Sie von Katja?« fragte sie, als Aratow fertig war.

»Gewiss ... von Ihrer Tochter.«

»Sind Sie deswegen aus Moskau hergekommen?«

»Ja, aus Moskau.«

»Nur deswegen?« – »Ja, nur deswegen.«

Frau Milowidow fuhr plötzlich zusammen. »Sie sind wohl ein Schreiber? Schreiben Sie in den Journalen?«

»Nein, ich bin kein Schreiber und habe bisher in den Journalen nicht geschrieben.«

Die Witwe neigte den Kopf. Sie konnte gar nichts begreifen.

»Sie sind also ... aus eigenem Antrieb gekommen?« fragte sie plötzlich. Aratow musste sich auf eine Antwort besinnen.

»Aus Mitgefühl, aus Verehrung für das Talent«, antwortete er schließlich.

Не без некоторого затруднения Аратов, предварительно извиняясь в своей смелости, в странности своего посещения, произнес приготовленный спич о том, как бы ему хотелось собрать все нужные сведения о столь рано погибшей даровитой артистке; как им руководит в этом случае не праздное любопытство, а глубокое сочувствие к ее таланту, которого он был поклонником (он так и сказал: поклонником); как, наконец, было бы грешно оставить публику в неведении о том, что она потеряла – и почему не сбылись ее надежды! Г-жа Миловидова не прерывала Аратова; она едва ли хорошо понимала, что такое ей говорит этот незнакомый гость, – и только пучилась слегка и таращила на него глаза, находя, однако, что вид у него смирный, одет он прилично – и не мазурик какой... денег не попросит.

– Вы это о Кате? – спросила она, как только Аратов умолк.

– Точно так... о вашей дочери.

– И вы для этого из Москвы приехали?

– Из Москвы.

– Только для этого?

– Для этого.

Г-жа Миловидова вдруг встрепенулась.

– Да вы – сочинитель? В журналах пишете?

– Нет, я не сочинитель – и в журналах до сих пор не писал. Вдова наклонила голову. Она недоумевала.

– Стало быть... по собственной охоте? – спросила она вдруг. Аратов не тотчас нашелся, что ответить.

– По сочувствию, из уважения к таланту, – промолвил он наконец.

Das Wort »Verehrung« gefiel der Frau Milowidow gut. »Nun, warum auch nicht«, begann sie mit einem Seufzer. »Ich bin zwar ihre Mutter, und mein Schmerz war groß ... Dieses unerwartete Unglück! Ich muss aber sagen: Sie war immer wild und hat auch auf eine wilde Manier geendet! Diese Schande! Urteilen Sie doch selbst, wie es der Mutter ums Herz ist! Ich muss schon damit zufrieden sein, dass sie ein christliches Begräbnis bekam.« Frau Milowidow bekreuzigte sich. »Von Kind auf gehorchte sie keinem Menschen, dann lief sie aus dem Elternhause fort und wurde zuletzt – bedenken Sie nur! – Schauspielerin! Natürlich sagte ich mich von ihr nicht los: Ich liebte sie ja und war immerhin ihre Mutter! Sie durfte doch nicht bei fremden Leuten wohnen oder betteln gehen.« Die Witwe vergoss einige Tränen. »Und wenn Sie, mein Herr«, begann sie von Neuem, die Augen mit dem Ende ihres Tuches abwischend, »wenn Sie wirklich diese Absicht haben und uns keine Unehre antun, sondern, im Gegenteil, Ihre Aufmerksamkeit erweisen wollen – so sprechen Sie mit meiner anderen Tochter. Sie wird Ihnen alles viel besser als ich erzählen können – Annotschka!« rief Frau Milowidow, »Annotschka, komm doch her! Hier ist ein Herr aus Moskau, der mit dir wegen Katja sprechen möchte!«

Im Nebenzimmer klopfte etwas, aber niemand kam zum Vorschein. »Annotschka!« rief die Witwe wieder, »Anna Semjonowna! Komm, wenn man dich ruft!«

Die Tür ging leise auf, und an der Schwelle erschien ein nicht mehr junges Mädchen, kränklich, unschön, doch mit sanften, traurigen Augen. Aratow erhob sich bei ihrem Erscheinen und stellte sich, unter Berufung auf seinen Freund Kupfer, vor. »Ach so, Sie kennen Fjodor Fjodorowitsch!« sagte das Mädchen leise und ließ sich lautlos auf einen Stuhl nieder.

»Also sprich mit dem Herrn«, sagte Frau Milowidow, sich schwerfällig von ihrem Platz erhebend,

Слово "уважение" понравилось г-же Миловидовой.

– Что ж! – произнесла она со вздохом. – Я хоть и мать ее и очень о ней горевала... Ведь такое вдруг несчастье! Но должна сказать: шальная она была всегда – и покончила таким же манером! Страм такой... Посудите: каково это для матери? Уж на том спасибо, что похоронили ее по-христиански... – Г-жа Миловидова перекрестилась. – Сызмала никому не покорялась – родительский дом покинула... и наконец – легко сказать! – в актерки пошла! Известно: от дому я ей не отказала: ведь я любила ее! Ведь я все-таки мать! Не у чужих же ей жить – да побираться! – Тут вдова прослезилась. – А если у вас, господин, – заговорила она снова, утирая глаза концами косынки, – точно есть такое намерение и вы против нас никакого бесчестия не замышляете – а, напротив, хотите внимание оказать, – так вы вот с моей другой дочкой поговорите. Она все вам расскажет лучше моего... Анночка! – кликнула г-жа Миловидова, – Анночка, подь сюда! Вот здесь какой-то господин из Москвы насчет Кати побеседовать желает!

Что-то стукнуло в соседней комнате, но никто не появлялся.

– Анночка! – крикнула опять вдова, – Анна Семеновна! Иди, говорят тебе!

Дверь тихонько растворилась, и на пороге показалась девушка, уже немолодая, болезненного вида – и некрасивая, – но с очень кроткими и грустными глазами. Аратов поднялся с места ей навстречу и отрекомендовался, причем назвал своего друга Купфера.

– А! Федор Федорыч! – тихонько произнесла девушка и тихонько опустилась на стул.

– Ну вот, побеседуй с господином, – промолвила г-жа Миловидова, грузно поднимаясь с места, – потру-

»der Herr hat sich eigens dazu aus Moskau herbemüht, er will einiges über Katja erfahren. Mich müssen Sie aber entschuldigen, mein Herr!« fügte sie hinzu. »Ich muss nach der Wirtschaft schauen. Mit Annotschka werden Sie sich gut verständigen, sie wird Ihnen vom Theater erzählen ... und vom übrigen. Sie ist klug und gebildet: kann französisch und liest Bücher, steht ihrer seligen Schwester in nichts nach. Sie hat sie ja sozusagen erzogen: Sie war die ältere und gab sich mit ihr ab.«

Frau Milowidow zog sich zurück.

Als Aratow mit Anna Semjonowna allein geblieben war, wiederholte er seinen Speech. Da er aber gleich auf den ersten Blick merkte, dass er es mit einem wirklich gebildeten Wesen und nicht mit einer gewöhnlichen Kaufmannstochter zu tun hatte, sprach er etwas weitläufiger als vorhin mit der Mutter und gebrauchte auch andere Ausdrücke. Zum Schluss wurde er aufgeregt, errötete und fühlte, wie ihm das Herz pochte. Anna hörte ihm schweigend mit gefalteten Händen zu; ein trauriges Lächeln wich nicht von ihrem Gesicht – ein bitteres, noch nicht verheiltes Weh sprach aus diesem Lächeln.

»Haben Sie meine Schwester gekannt?« fragte sie Aratow.

»Nein, ich habe sie eigentlich nicht gekannt«, antwortete er. »Ich habe sie wohl einmal gesehen und gehört. Es genügte aber, Ihre Schwester einmal zu sehen und zu hören...«

»Wollen Sie ihre Biografie schreiben?« fragte Anna.

Aratow hatte diese Frage nicht erwartet. Er antwortete aber sofort: »Warum auch nicht? Vor allem möchte ich das Publikum unterrichten...«

Anna unterbrach ihn mit einer Handbewegung.

»Wozu das? Das Publikum hat ihr viel Leid zugefügt; Katja fing ja erst zu leben an. Doch wenn Sie selbst (Anna blickte ihn an und lächelte wieder traurig, doch etwas freundlicher. Es war, wie wenn sie sich sagte: Ja, du flößt mir

дился, нарочно из Москвы приехал, о Кате сведения собрать желает. А вы меня, господин, – прибавила она, обращаясь в Аратову, – извините... Я уйду, по хозяйству. С Анночкой вы можете хорошо объясниться – она вам и о театре расскажет... и все такое. Она у меня умница, образованная: по-французски говорит и книжки читает, не хуже сестры ее покойницы. Она же ее, можно сказать, воспитывала... Старше ее была – ну, и занялась.

Г-жа Миловидова удалилась. Оставшись наедине с Анной Семеновной, Аратов повторил ей свой спич; но с первого же взгляду поняв, что имеет дело с девушкой действительно образованной, не с купеческой дочкой, несколько распространился – и выражения другие употребил; а под конец сам разволновался, покраснел и почувствовал, что сердце у него застучало. Анна слушала его молча, положив руку на руку; печальная улыбка не сходила с ее лица... горькое, непереболевшее горе сказывалось в этой улыбке.

– Вы знали мою сестру? – спросила она Аратова.

– Нет; я ее собственно не знал, – отвечал он. – Виделся с нею и слышал ее раз... но вашу сестру стоило раз увидеть и услышать...

– Вы хотите ее биографию написать? – спросила опять Анна. Аратов не ожидал этого слова; однако тотчас же ответил, что – отчего же нет? Но главное он хотел познакомить публику... Анна остановила его движением руки.

– Это на что же? Публика ей без того много горя наделала; да и Катя только что начинала жить. Но если вы сами (Анна посмотрела на него и опять улыбнулась той же печальной, но уже более приветной улыбкой... она как будто подумала: да, ты внушаешь мне доверие)... если вы сами питаете к ней такое уча-

wohl Vertrauen ein!), wenn Sie selbst soviel Mitgefühl für sie haben, so wollen Sie gütigst heute Nachmittag nach dem Essen wiederkommen. Jetzt kann ich nicht ... so plötzlich. Ich muss mich sammeln. Ich werde es versuchen. Ach, ich habe sie zu sehr geliebt!«

Anna wandte sich ab; sie schien dem Weinen nahe.

Aratow erhob sich schnell von seinem Stuhl, dankte für das Anerbieten, versprach unbedingt, ja, unbedingt zu kommen, und ging, ganz im Banne ihrer leisen Stimme und der sanften, traurigen Augen – und er verzehrte sich vor Sehnsucht nach dem Wiedersehen.

XIII

Aratow kam am Nachmittag zu den Milowidows und unterhielt sich volle drei Stunden mit Anna Semjonowna. Frau Milowidow pflegte sich jeden Nachmittag um zwei hinzulegen und bis zum Abendtee, der um sieben Uhr eingenommen wurde, »auszuruhen«. Die Unterhaltung Aratows mit Klaras Schwester war eigentlich keine Unterhaltung: Sie sprach fast die ganze Zeit allein, anfangs etwas unsicher und verlegen, dann aber mit großem Feuer. Sie vergötterte offenbar ihre Schwester. Das Vertrauen, das ihr Aratow einflößte, wurde immer stärker; sie gab jede Zurückhaltung auf und fing sogar zweimal in seiner Gegenwart zu weinen an. Sie hielt ihn für würdig, ihre Offenherzigkeiten und Herzensergüsse hinzunehmen. In ihrem eigenen freudlosen Leben hatte es nichts dergleichen gegeben!

Er aber sog jedes ihrer Worte gierig ein und erfuhr Folgendes: Vieles nur aus Andeutungen. Vieles ergänzte er selbst.

Klara war in ihrer Kindheit zweifellos ein höchst unangenehmes Geschöpf gewesen; auch als junges Mädchen war sie schwierig: eigensinnig, aufbrausend und selbstsüchtig. Sie vertrug sich am allerwenigsten mit dem Vater, den sie wegen seiner Trunksucht und Talentlosigkeit verachtete.

стие, то позвольте вам попросить прийти к нам сегодня вечером... после обеда. Я теперь не могу... так вдруг... Я соберусь с силами... Я попытаюсь... Ах, я слишком любила ее!

Анна отвернулась; она готова была зарыдать.

Аратов проворно поднялся со стула, поблагодарил за предложение, сказал, что придет непременно... непременно! – и ушел, унося в душе впечатление тихого голоса, кротких и грустных глаз – и сгорая томленьем ожидания.

XIII

Аратов в тот же день вернулся к Миловидовым и целых три часа пробеседовал с Анной Семеновной. Г-жа Миловидова ложилась спать тотчас после обеда – в два часа – и "отдыхала" до вечернего чаю, до семи часов. Разговор Аратова с сестрою Клары не был, собственно, беседой: она говорила почти одна, сперва с запинкой, с смущеньем, но потом с неудержимым жаром. Она, очевидно, боготворила свою сестру. Доверие, внушенное с Аратовым, росло и крепло; она уже не стеснялась; она даже раза два, молча, всплакнула перед ним. Он казался ей достойным ее откровенных сообщений и излияний... в ее собственной глухой жизни ничего такого еще не случалось! А он... он впивал каждое ее слово.

Вот что он узнал... многое, конечно, из недомолвок... многое он дополнил сам.

В детстве Клара была, несомненно, неприятным ребенком; и в девушках она была не многим мягче: своевольная, вспыльчивая, самолюбивая, она не ладила особенно с отцом, которого презирала – и за пьянство, и за бездарность. Он это чувствовал и не прощал ей этого.

Sie zeigte schon sehr früh Veranlagung für Musik; der Vater aber tat nichts für die Entwicklung dieses Talents, da er nur die Malerei allein, in der er zwar wenig erreicht hatte, die aber ihn und seine Familie ernährte, für echte Kunst hielt. An ihrer Mutter hing sie mit einer etwas lässigen Liebe, wie ein Kind oft an seiner Wärterin hängt; die Schwester vergötterte sie, obwohl sie sich mit ihr oft herumschlug und sie biss. Dann wieder kniete sie vor ihr nieder und küsste die gebissenen Stellen. Sie war ganz Feuer, ganz Leidenschaft, ganz Widerspruch: rachsüchtig und gutmütig, großmütig und nachtragend; sie glaubte an das Schicksal und glaubte nicht an Gott (Anna flüsterte diese Worte mit Entsetzen); sie liebte alles Schöne, kümmerte sich aber nicht um ihre eigene Schönheit und kleidete sich nachlässig; sie ärgerte sich, wenn junge Leute ihr den Hof machten, las aber in den Büchern nur solche Seiten, die von Liebe handelten; sie wollte niemand gefallen, mochte keine Zärtlichkeiten, vergaß aber keine ihr erwiesene Zärtlichkeit, aber auch keine Beleidigung; sie fürchtete den Tod und tötete sich selbst!

Manchmal sagte sie: »Den, den ich will, werde ich nie finden, einen andern will ich aber nicht!«

»Und wenn du ihn doch findest?« fragte Anna.

»Wenn ich ihn finde, so nehme ich ihn mir.«

»Und wenn er sich nicht hergibt?«

»Dann ... dann nehme ich mir das Leben. Dann tauge ich also nicht.«

Klaras Vater (der seine Frau zuweilen im Rausche fragte: »Von wem hast du diese schwarze Hexe? Von mir ist sie sicher nicht!«) wollte sie möglichst schnell loswerden und verlobte sie mit einem reichen jungen, furchtbar dummen Kaufmann, einem von den »Gebildeten«. Zwei Wochen vor der Hochzeit (sie war erst sechzehn) ging sie mit gekreuzten Armen, mit den Fingern auf den Ellenbogen spielend (das war ihre liebste Stellung), auf ihren Bräutigam zu und versetzte ihm plötzlich mit ihrer großen kräftigen Hand einen Schlag auf seine rosige Wange!

Музыкальные способности в ней оказались рано; отец не давал им ходу, признавая художеством одну живопись, в которой так мало сам преуспел, но которая кормила и его, и семью. Мать свою Клара любила... небрежно, как няню; сестру обожала, хоть и дралась с ней и кусала ее... Правда, она потом становилась на колени перед нею и целовала укушенные места. Она была вся – огонь, вся – страсть и вся – противоречие: мстительна и добра, великодушна и злопамятна; верила в судьбу – и не верила в Бога (эти слова Анна прошептала с ужасом); любила все красивое, а сама о своей красоте не заботилась и одевалась как попало; терпеть не могла, чтобы за ней ухаживали молодые люди, а в книгах перечитывала только те страницы, где речь идет о любви; не хотела нравиться, не любила ласки и никогда ласки не забывала, как и не забывала оскорбления; боялась смерти и сама себя убила! Она говаривала иногда: "Такого, как я хочу, я не встречу... а других мне не надо!" – "Ну а если встретишь?" – спрашивала Анна. "Встречу... возьму". – "А если не дастся?" – "Ну, тогда... с собой покончу. Значит, не гожусь". Отец Клары (он иногда с пьяных глаз спрашивал у жены: "От кого у тебя этот бесенок черномазый? – не от меня!") – отец Клары, стараясь ее сбыть поскорей с рук, просватал ее было за богатого молодого купчика, преглупенького, – из "образованных". За две недели до свадьбы (ей было всего шестнадцать лет) она подошла к своему жениху, скрестивши руки и играя пальцами по локтям (любимая ее поза), да вдруг как хлоп его по румяной щеке своей большой сильной рукой!

Er sprang auf und riss nur das Maul auf – es ist zu bemerken, dass er maßlos in sie verliebt war.

Er fragte sie: »Wofür?«

Sie lachte nur auf und ging.

»Ich war im gleichen Zimmer«, erzählte Anna, »und war Zeugin. Ich lief ihr nach und fragte: ›Katja, was fällt dir ein?‹ Sie aber antwortete: ›Wenn er ein Mann wäre, so hätte er mich verprügelt, er ist aber eine nasse Henne! Und er fragt noch: Wofür? Wenn du mich liebst und mich nicht strafen willst, so musst du eben dulden und darfst nicht fragen, wofür! Er kriegt mich nicht, solange er lebt!‹ Sie nahm ihn auch wirklich nicht. Bald darauf lernte sie jene Schauspielerin kennen und verließ unser Haus. Mütterchen weinte, Vater aber sagte: ›Die widerspenstige Ziege muss aus der Herde hinaus!‹ Und er tat nichts, um sie zur Rückkehr zu bewegen. Der Vater verstand Klara nicht. Am Tag vor ihrer Flucht erwürgte sie mich beinahe in ihren Armen«, fügte Anna hinzu, »und sagte dabei immer: ›Ich kann nicht anders! Das Herz bricht mir entzwei, ich kann aber nicht anders! Zu eng ist mir euer Käfig ... meine Flügel finden keinen Platz darin! Niemand kann seinem Schicksal entgehen.‹«

»Später sahen wir uns nur sehr selten«, bemerkte Anna. »Als der Vater starb, kam sie für zwei Tage nach Hause, wollte nichts von der Erbschaft nehmen und verschwand wieder. Es war ihr schwer, bei uns zu leben. Ich sah es. Dann kam sie als Schauspielerin nach Kasan.«

Aratow begann Anna über das Theater auszufragen, über die Rollen, in denen Klara auftrat, und über ihre Erfolge.

Anna antwortete ausführlich mit dem gleichen traurigen Ausdruck, wenn auch mit großem Feuer. Sie zeigte Aratow sogar eine Fotografie, auf der Klara in einer ihrer Rollen dargestellt war. Auf dem Bild blickte sie zur Seite, wie wenn sie sich von den Zuschauern abwenden wollte; der mit einem Band durchflochtene dicke Zopf fiel wie eine Schlange auf den entblößten Arm herab.

Он вскочил и только рот разинул - надо сказать, что он был смертельно в нее влюблен... Спрашивает: "За что?" Она засмеялась и ушла. "Я тут же, в комнате, находилась, - рассказывала Анна, - была свидетельницей. Побежала за ней да говорю ей: "Катя, помилуй, что ты это?" А она мне в ответ: "Коли б настоящий был человек - прибил бы меня, а то - курица мокрая! И еще спрашивает за что? Ничего ему от меня не будет - во веки веков!" Так она замуж за него и не пошла. Тут же скоро она с той актрисой познакомилась - и оставила наш дом. Матушка поплакала - а отец только сказал: "Строптивую козу из стада вон!" И хлопотать, разыскивать не стал. Отец не понимал Клары. Меня она, накануне своего бегства, - прибавила Анна, - чуть не задушила в своих объятиях - и все повторяла: "Не могу! Не могу иначе! Сердце пополам, а не могу. Клетка ваша мала... не по крыльям! Да и своей судьбы не минуешь..."

- После этого, - заметила Анна, - мы с ней редко видались... Когда умер отец, она приехала на два дня, ничего из наследства не взяла - и опять скрылась. Ей у нас было тяжело... я это видела. Потом она приехала в Казань уже актрисой.

Аратов начал расспрашивать Анну о театрах, о ролях, в которых появлялась Клара, об ее успехах... Анна отвечала подробно, но с тем же горестным, хоть и живым увлечением. Она даже показала Аратову фотографическую карточку, на которой Клара была представлена в костюме одной из ее ролей. На карточке она глядела в сторону, словно отворачивалась от зрителей; перевитая лентой густая коса падала змеей на обнаженную руку.

Aratow betrachtete die Fotografie lange, fand sie ähnlich, erkundigte sich, ob Klara auch in Rezitationsabenden aufgetreten sei, und erfuhr von Anna, dass sie nur in Bühnenrollen aufgetreten war, weil sie die Aufregung des Theaters und der Bühne brauchte ... Aber eine andere Frage brannte ihm auf den Lippen.

»Anna Semjonowna!« rief er schließlich aus, nicht laut, doch mit besonderer Kraft: »Sagen Sie mir, ich flehe Sie an, sagen Sie mir, warum sie ... warum sie sich zu dieser schrecklichen Tat entschlossen hat!«

Anna senkte die Augen. »Ich weiß es nicht!« sagte sie nach einer Weile. »Bei Gott, ich weiß es nicht!« fuhr sie in fieberhafter Hast fort, als sie sah, dass Aratow ungläubig die Arme spreizte. »Vom Tag ihrer Ankunft an war sie nachdenklich und finster. Sie hatte in Moskau zweifellos irgendetwas erlebt, was ich unmöglich erraten kann. Aber an jenem verhängnisvollen Tag schien sie, ich will nicht sagen, lustiger, doch ruhiger als sonst. Ich hatte sogar keine Vorahnung«, fügte Anna mit bitterem Lächeln hinzu, als ob sie sich etwas vorzuwerfen hätte.

»Sehen Sie«, fing sie wieder an, »es war ihr wohl schon vom Schicksal beschieden, unglücklich zu sein. Von ihrer frühesten Kindheit an war sie davon überzeugt. Zuweilen stützte sie den Kopf in die Hand und sagte nachdenklich: ›Ich werde nicht lange leben!‹ Sie hatte Vorahnungen. Denken Sie sich nur: Sie sah schon vorher im Traume und manchmal auch im Wachen, was ihr bevorstand. ›Wenn ich nicht so leben kann, wie ich will, so will ich gar nicht leben‹, pflegte sie oft zu sagen. ›Unser Leben ist ja in unserer Hand!‹ Und sie bewies es auch!«

Anna bedeckte das Gesicht mit den Händen und verstummte.

»Anna Semjonowna«, begann Aratow nach einer Pause. »Sie haben vielleicht gehört, was in den Zeitungen stand ...«

Аратов долго рассматривал эту карточку, нашел ее схожей, спросил, не участвовала ли Клара в публичных чтениях, и узнал, что нет; что ей нужно было возбуждение театра, сцены... но другой вопрос горел у него на губах.

- Анна Семеновна! - воскликнул он наконец не громко, но с особенной силой, - скажите, умоляю вас, скажите, отчего она решилась на тот ужасный поступок?...

Анна опустила глаза.

- Не знаю! - промолвила она спустя несколько мгновений. - Ей-богу, не знаю! - продолжала она стремительно, заметив, что Аратов развел руками, как бы не веря ей. - С самого приезда сюда она точно была задумчива, мрачна. С ней непременно что-нибудь в Москве случилось, чего я не могла разгадать! Но, напротив, в тот роковой день она как будто была... если не веселее, то спокойнее обыкновенного. Даже у меня никаких предчувствий не было, - прибавила Анну с горькой усмешкой, как бы упрекая себя в этом.

- Видите ли, - заговорила она опять, - у Кати словно на роду было написано, что она будет несчастна. С ранних лет она была в этом убеждена. Подопрется так рукою, задумается и скажет: "Мне недолго жить!" У ней бывали предчувствия. Представьте, что она даже заранее - иногда во сне, а иногда и так, видела, что с ней будет! "Не могу жить, как хочу, так и не надо..." - тоже была ее поговорка. "Ведь наша жизнь в нашей руке!" И она это доказала! Анна закрыла лицо руками - и умолкла.

- Анна Семеновна, - начал погодя немного Аратов, - вы, может быть, слышали, чему приписывали газеты...

»Das von der unglücklichen Liebe?« unterbrach ihn Anna, und nahm die Hände vom Gesicht. »Das ist eine Verleumdung, eine Verleumdung, eine Erfindung! Meine unberührte, meine unzugängliche Katja ... Katja! ... Und sie sollte eine unglückliche, eine unerwiderte Liebe haben?! Und ich habe nichts davon gewusst? Alle, alle verliebten sich in sie und sie ... Wen hätte sie hier auch lieben können? Wer von allen Menschen war ihrer wert? Wer hatte jenes Ideal der Ehrlichkeit, Wahrhaftigkeit, Reinheit, ja, vor allem Reinheit, das ihr trotz aller ihrer Fehler immer vorschwebte, erreicht? Wer hat ihre Liebe zurückweisen können, ihre Liebe ...«

Annas Stimme versagte. Ihre Finger zitterten. Sie war plötzlich über und über rot geworden, rot vor Empörung, und in diesem Augenblick, in diesem einen Augenblick sah sie der Schwester ähnlich.

Aratow stammelte irgendeine Entschuldigung.

»Hören Sie einmal«, unterbrach ihn Anna wieder. »Ich will, dass Sie an diese Verleumdung nicht glauben, dass Sie sie nach Möglichkeit zerstreuen! Sie wollen ja einen Aufsatz schreiben: Da haben Sie also die Gelegenheit, ihr Andenken zu verteidigen! Darum spreche ich auch mit Ihnen so aufrichtig. Hören Sie einmal: Katja hat ein Tagebuch hinterlassen.«

Aratow zuckte zusammen. »Ein Tagebuch«, flüsterte er.

»Ja, ein Tagebuch, das heißt nur einige Seiten. Katja mochte das Schreiben nicht und trug monatelang nichts ein; auch ihre Briefe waren kurz. Sie war aber immer aufrichtig und log niemals. Wie sollte sie auch bei ihrem Stolz lügen! Ich ... ich will Ihnen das Tagebuch zeigen. Sie werden sich selbst überzeugen, dass darin nicht einmal eine Andeutung von unglücklicher Liebe zu finden ist!«

Anna holte aus der Schublade hastig ein dünnes Heftchen von höchstens zehn Seiten und reichte es Aratow.

– Несчастной любви? – перебила Анна, разом отдернув руки от лица. – Это клевета, клевета, выдумка! Моя нетронутая, неприступная Катя... Катя! и несчастная, отвергнутая любовь?!! И я бы этого не знала?... В нее, в нее все влюблялись... а она... И кого бы она здесь полюбила? Кто изо всех этих людей, кто был ее достоин? Кто дорос до того идеала честности, правдивости, чистоты, главное, чистоты который, при всех ее недостатках постоянно носился перед нею?... Ее отвергнуть... ее...

Голос перервался у Анны... Ее пальцы слегка задрожали. Она вдруг вся покраснела... покраснела от негодования – и в этот миг – и только на миг стала похожа на сестру.

Аратов начал было извиняться.

– Послушайте, – опять перебила Анна, – я непременно хочу, чтобы вы и сами не верили в эту клевету и рассеяли бы ее, если это возможно! Вот вы хотите написать о ней статью, что ли, вот вам случай защитить ее память! Я оттого и говорю с вами так откровенно. Послушайте: от Кати остался дневник...

Аратов вздрогнул.

– Дневник, – прошептал он...

– Да, дневник... то есть всего несколько страничек. Катя не любила писать... по целым месяцам ничего не записывала... и письма ее были такие короткие. Но она всегда, всегда была правдива, она никогда не лгала... С ее самолюбием, да лгать! Я... я вам покажу этот дневник! Вы увидите сами, был ли в нем хотя намек на какую-то несчастную любовь!

Анна торопливо достала из столового ящика тоненькую тетрадку, страниц в десять, не более, и протянула ее Аратову.

Er ergriff es mit Gier, erkannte sofort die unregelmäßige, weitläufige Schrift jenes anonymen Briefes und schlug es aufs Geratewohl auf. Sein Blick fiel auf folgende Zeilen: »Moskau. Dienstag, den *. Juni. Ich rezitierte und sang in einer literarischen Matinee. Heute war für mich ein bedeutsamer Tag. *Er muss mein Schicksal entscheiden.* (Dieser Satz war zweimal unterstrichen.) Ich sah wieder«, hier folgten einige sorgfältig durchgestrichene Zeilen. Weiter hieß es: »Nein, nein, nein! Ich muss wieder von vorne anfangen, wenn nur ...«

Aratow ließ die Hand mit dem Heft sinken, und sein Kopf fiel langsam auf die Brust herab.

»Lesen Sie doch!« rief Anna aus. »Warum lesen Sie nicht? Lesen Sie von Anfang an! Sie sind damit in fünf Minuten fertig, obwohl das Tagebuch ganze zwei Jahre umfasst. In Kasan trug sie nichts mehr ein.«

Aratow erhob sich langsam von seinem Stuhl und stürzte vor Anna in die Knie.

Sie war vor Erstaunen und Schreck ganz starr.

»Geben Sie, geben Sie mir dieses Tagebuch«, begann Aratow mit ersterbender Stimme und hob beide Hände zu ihr empor. »Geben Sie es mir ... auch die Fotografie. Sie haben sicher eine andere. Das Tagebuch werde ich Ihnen zurückgeben. Ich brauche es, ich brauche es ...«

In seinem Flehen, in seinen verzerrten Zügen lag eine solche Verzweiflung; man konnte diesen Ausdruck für Hass oder Schmerz halten. Er litt tatsächlich. Es war, als ob ein unerwartetes Unglück über ihn hereingebrochen wäre und er gereizt um Erbarmen und Hilfe flehte.

»Geben Sie es mir!« sagte er wieder.

Тот схватил ее с жадностью, узнал неправильный, размашистый почерк, почерк того безымянного письма, развернул ее наудачу – и тотчас же напал на следующие строки:

"Москва. Вторник... го июня. Пела и читала на литературном утре. Сегодня для меня знаменательный день. Он должен решить мою участь. (Эти слова были дважды подчеркнуты). Я опять увидала..."

Ту следовало несколько тщательно замаранных строк. И потом:

"Нет! нет! нет! Надо опять за прежнее, если только..."

Аратов опустил руку, в которой он держал тетрадку, и голова его тихо свесилась на грудь.

– Читайте! – воскликнула Анна. – Что ж вы не читаете? Прочтите с начала... Тут всего на пять минут чтения, хоть и на целых два года тянется этот дневник. В Казани она уже ничего не записывала...

Аратов медленно поднялся со стула и так и обрушился на колени перед Анной.

Та просто окаменела от удивления и испуга.

– Дайте... дайте мне этот дневник, – заговорил Аратов замиравшим голосом – и протянул к Анне обе руки. – Дайте мне его и карточку... у вас, наверное, есть другая – а дневник я вам возвращу. Но мне нужно, нужно...

В его мольбе, в искаженных чертах его лица было что-то до того отчаянное, что оно походило даже на злобу, на страдание. Да он и страдал действительно. Он словно сам не мог предвидеть, что над ним стрясется такая беда, и раздраженно молил о пощаде, о спасении.

– Дайте, – повторял он.

»Waren Sie vielleicht in meine Schwester verliebt?« fragte Anna endlich.

Aratow kniete noch immer.

»Ich habe sie nur zweimal gesehen, glauben Sie es mir! Und wenn ich nicht meine Gründe hätte, die ich selbst weder richtig begreifen noch darlegen kann – wenn über mir nicht eine Gewalt wäre, die stärker ist als ich, so hätte ich Sie darum nicht gebeten. Ich wäre gar nicht hergekommen. Ich brauche ... ich muss ... Sie haben mir ja selbst gesagt, dass ich ihr Bild in seiner Reinheit wiederherstellen soll!«

»Und Sie waren in meine Schwester nicht verliebt?« fragte Anna wieder.

Aratow wusste im ersten Augenblick nicht, was zu antworten, und wandte sich, wie von Schmerz überwältigt, von ihr weg.

»Nun ja! Ich war verliebt! Ich bin es auch jetzt!« rief er mit derselben Verzweiflung aus.

Im Nebenzimmer ertönten Schritte.

»Stehen Sie auf, stehen Sie auf«, sagte Anna schnell: »Mütterchen kommt!«

Aratow erhob sich von den Knien.

»Nehmen Sie meinetwegen das Tagebuch und die Fotografie mit. Die arme, arme Katja! ... Das Tagebuch müssen Sie mir aber wiedergeben«, fügte sie lebhaft hinzu. »Und wenn Sie etwas über sie schreiben, so müssen Sie es mir unbedingt schicken! Hören Sie?«

Das Erscheinen der Frau Milowidow entband Aratow von der Pflicht, etwas darauf zu sagen. Er hatte aber noch Zeit, dem jungen Mädchen zuzuflüstern: »Sie sind ein Engel! Ich danke Ihnen! Ich will Ihnen alles schicken, was ich schreibe.«

Frau Milowidow war so verschlafen, dass sie nichts merkte. So verließ Aratow mit der Fotografie in der Brusttasche Kasan. Das Heftchen gab er Anna zurück, riss aber

— Да... вы, вы были влюблены в мою сестру? — проговорила наконец Анна.

Аратов продолжал стоять на коленях.

— Я ее всего два раза видел... верьте мне и если бы меня не побуждали причины, которые я сам ни понять, ни изъяснить хорошенько не могу если б не была надо мною какая-то власть, сильнее меня... я не стал бы вас просить... я бы не приехал сюда. Мне нужно, я должен... ведь вы сами сказали, что я обязан восстановить ее образ.

— И вы не были влюблены в сестру? — спросила Анна вторично Аратов не тотчас ответил — и отвернулся слегка, как от боли.

— Ну, да был, был. Я и теперь влюблен... — воскликнул он с тем же отчаяньем.

Послышались шаги в соседней комнате.

— Встаньте... встаньте. — поспешно промолвила Анна.— К нам матушка идет.

Аратов приподнялся.

— И возьмите дневник и карточку, Бог с вами! Бедная, бедная Катя. Но вы дневник мне возвратите, — прибавила она с живостью — И если вы что напишите, пришлите мне непременно... Слышите?

Появление г-жи Миловидовой избавило Аратова от необходимости отвечать. Он успел, однако, шепнуть:

— Вы ангел! Спасибо! Пришлю все, что напишу...

Г-жа Миловидова спросонья ни о чем не догадалась. Так Аратов и уехал из Казани с фотографической карточкой в боковом кармане сюртука.

heimlich die Seite heraus, auf der sich die unterstrichenen Worte befanden.

Während der Rückfahrt nach Moskau war er wieder in der gleichen Erstarrung. Obwohl er sich auch in der Tiefe seiner Seele freute, dass er den Zweck seiner Reise erreicht hatte, schob er alle Gedanken an Klara bis zu seiner Heimkehr auf. Er dachte vielmehr an ihre Schwester Anna.

Das ist doch wirklich ein herrliches, sympathisches Wesen! sagte er sich. Dieses feine Verständnis für alles, dieses liebende Herz, dieser völlige Mangel an Selbstsucht! Wie kommt es nur, dass in unserer Provinz und in einem solchen Milieu so herrliche Mädchen erblühen? Sie ist kränklich und unschön und auch nicht mehr jung, doch welch eine wunderbare Lebensgefährtin wäre sie für einen anständigen gebildeten jungen Mann. In eine solche sollte man sich verlieben!

Solche Gedanken gingen Aratow durch den Kopf. Als er aber wieder in Moskau war, nahm alles doch eine ganz andere Wendung.

XIV

Platonida Iwanowna freute sich unsagbar über die Rückkehr ihres Neffen. Was hatte sie sich nicht schon alles gedacht! – »Mindestens nach Sibirien!« flüsterte sie, regungslos in ihrem Zimmerchen sitzend »Mindestens für ein Jahr!« Auch die Köchin machte ihr große Angst, wenn sie ihr die verbürgtesten Nachrichten über das Verschwinden bald des einen, bald des andern jungen Mannes aus der Nachbarschaft überbrachte. Die absolute Unschuld und politische Zuverlässigkeit Jaschas vermochten sie nicht zu beruhigen: Es kann ja alles vorkommen! Er beschäftigte sich mit Fotografie – das genügt schon! Man verhaftet ihn!

Da kam aber Jascha heil und gesund nach Hause! Allerdings kam er ihr etwas abgemagert vor; das war auch kein Wunder: die ganze Zeit ohne ihre Aufsicht! Sie wagte aber nicht, ihn über seine Reise auszufragen.

Тетрадку он возвратил Анне – но, незаметно для нее, вырезал листик, на котором находились подчеркнутые слова.

На обратном пути в Москву им опять овладело оцепенение. Хоть он и радовался втайне, что добился-таки того, зачем ездил, однако все помышления о Кларе он откладывал до возвращения домой. Он гораздо больше думал о ее сестре Анне: "Вот, – думал он, чудесное, симпатическое существо! Какое тонкое понимание всего, какое любящее сердце, какое отсутствие эгоизма! И как это у нас в провинции – да еще в такой обстановке – расцветают такие девушки. Она и болезненна, и собой дурна, и не молода – а какой бы отличной была подругой для порядочного, образованного человека! Вот в кого следовало бы влюбиться". Аратов думал так, но по прибытии в Москву дело приняло совсем другой оборот.

XIV

Платонида Ивановна несказанно обрадовалась возвращению своего племянника. Чего-чего она не передумала в его отсутствие. "По меньшей мере, в Сибирь! – шептала она, сидя неподвижно в своей комнатке, – по меньшей мере – на год!" К тому же и кухарка пугала ее, сообщая наивернейшие известия об исчезновении то того, то другого молодого человека по соседству. Совершенная невинность и благонадежность Яши нисколько не успокаивали старушку "Потому... мало ли что! – фотографией занимается... ну и довольно! Бери его!" И вот ее Яшенька вернулся цел и невредим! Правда, она заметила, что он как будто похудел и в личике осунулся – дело понятное... без призора! – но расспрашивать его об этом путешествии не посмела.

Beim Mittagessen erkundigte sie sich nur: »Ist Kasan eine hübsche Stadt?«

»Ja, eine hübsche Stadt!« antwortete Aratow.

»Leben dort lauter Tataren?«

»Nicht lauter Tataren.«

»Hast du dir keinen tatarischen Schlafrock mitgebracht?«

»Nein, ich habe keinen mitgebracht.«

Damit war das Gespräch zu Ende.

Kaum war aber Aratow allein in seinem Kabinett, als er sich sofort an allen Gliedern ergriffen fühlte, wie wenn er sich wieder in der Gewalt – ja, es war wohl eine Gewalt! – eines anderen Lebens, eines anderen Wesens befände. Er hatte zwar Anna in jenem plötzlichen Ausbruch von Wahnsinn gesagt, dass er in Klara verliebt sei; dieses Wort erschien ihm aber jetzt dumm und sinnlos. Nein, er ist nicht verliebt; wie sollte er auch in eine Tote verliebt sein, die ihm selbst bei Lebzeiten nicht gefiel, die er beinahe vergessen hatte? – Nein! Er ist aber in der Gewalt, in ihrer Gewalt. Er gehört nicht mehr sich selbst. Er ist gefangen. Er ist dermaßen gefangen, dass er nicht einmal versucht, sich auf irgendeine Weise frei zu machen – weder durch Spott über seine Dummheit noch durch die Einsicht oder wenigstens die Hoffnung, dass alles vergehen werde, dass alles von den Nerven komme, noch durch irgendwelche logische Gründe!

»Wenn ich ihn finde, so nehme ich ihn mir«, diese Worte Klaras, die er von Anna gehört hatte, kamen ihm in den Sinn. Nun hat sie ihn genommen. Sie ist aber tot? Ja, ihr Körper ist tot. Und die Seele? Ist die Seele nicht unsterblich? Braucht sie denn irdische Organe, um ihre Gewalt zu zeigen? – Die Erscheinungen des Magnetismus beweisen, dass eine lebende Menschenseele auf eine andere lebende Menschenseele einwirken kann. Warum soll diese Wirkung nicht auch nach dem Tode fortbestehen, wenn die Seele doch lebendig bleibt? Ja, doch zu welchem Zweck? Was kann dabei herauskom-

Спросила за обедом: "А хороший город Казань?"

– "Хороший", – отвечал Аратов.

"Чай, там все татары живут?"

– "Не одни татары".

– "А халата оттуда не привез?"

– "Нет, не привез". Тем и кончился разговор.

Но как только Аратов очутился один в своем кабинете – он немедленно почувствовал, что его как бы кругом что-то охватило, что он опять находится во власти, именно во власти другой жизни, другого существа. Хоть он и сказал Анне – в том порыве внезапного исступления, – что он влюблен в Клару, – но это слово ему самому теперь казалось бессмысленным и диким. Нет, он не влюблен, да и как влюбиться в мертвую, которая даже при жизни ему не нравилась, которую он почти забыл? Нет, но он во власти, в ее власти, он не принадлежит себе более. Он – взят. Взят до того, что даже не пытается освободиться ни насмешкой над собственной нелепостью, ни возбужденьем в себе, если не уверенности, то хоть надежды, что это все пройдет, что это – одни нервы, – ни приискиваньем к тому доказательств, – ни чем иным! "Встречу – возьму", – вспомнились ему слова Клары, переданные Анной... вот он и взят. "Да ведь она – мертвая? Да; тело ее мертвое... а душа? Разве она не бессмертная, разве ей нужны земные органы, чтобы проявить власть? Вот магнетизм нам доказал влияние живой человеческой души на другую живую человеческую душу... Отчего же это влияние не продолжится и после смерти – коли душа остается живою? Да с какой целью? Что из этого может выйти?

men? Haben wir aber überhaupt eine Ahnung davon, welchen Zweck alles hat, was um uns geschieht?

Diese Gedanken beschäftigten Aratow so sehr, dass er beim Abendtee an Platoscha ganz unvermittelt die Frage richtete, ob sie an die Unsterblichkeit der Seele glaube.

Platoscha verstand im ersten Augenblick nicht, was er wollte; dann bekreuzigte sie sich und antwortete: »Wie sollte denn die Seele nicht unsterblich sein?«

»Kann sie dann auch nach dem Tode wirken?« fragte wieder Aratow.

Die Alte antwortete, dass sie wohl für uns beten könne, das heißt nur nachdem sie in Erwartung des Jüngsten Gerichts alle Leidensstationen durchgemacht habe. Die ersten vierzig Tage umschwebe sie aber die Stätte, wo sie den Tod erlitten.

»Die ersten vierzig Tage?«

»Ja, und dann beginnen die Leidensstationen.«

Aratow wunderte sich über die Kenntnisse der Tante und ging wieder in sein Kabinett. Und wieder fühlte er die gleiche Gewalt über sich. Diese Gewalt äußerte sich darin, dass er fortwährend das Bild Klaras vor sich sah; er sah es mit solchen Einzelheiten, wie er sie bei ihren Lebzeiten wohl gar nicht bemerkt hatte; er sah ... er sah ihre Finger, ihre Nägel, die Haarsträhnen an den Wangen unterhalb der Schläfen, ein kleines Muttermal unter dem linken Auge; er sah die Bewegungen ihrer Lippen, Nasenflügel, Augenbrauen; ihren Gang, und wie sie den Kopf ein wenig nach rechts geneigt hielt: Alles sah er! Er sah es ganz ohne Bewunderung, er musste es aber unausgesetzt sehen und unausgesetzt daran denken.

Doch in der ersten Nacht nach seiner Rückkehr träumte er nicht von ihr. Er war sehr müde und schlief fest wie ein Toter. Als er aber erwachte, trat sie sofort wieder in sein Zimmer und blieb darin wie eine Hausfrau;

Но разве мы – вообще – постигаем, какая цель всего, что совершается вокруг нас?"

Эти мысли до того занимали Аратова, что он внезапно, за чаем, спросил Платошу: "Верит ли она в бессмертие души?" Та сначала не поняла, что он такое спрашивает, а потом перекрестилась и ответила, что еще бы – душе – да не быть бессмертной! "А коли так, может она действовать после смерти?" – опять спросил Аратов. Старушка отвечала, что может за нас молиться то есть; и то, когда пройдет все мытарства – в ожиданье Страшного суда. А первые сорок дней она только витает около того места, где ей смерть приключилась.

– Первые сорок дней?
– Да, а потом пойдут мытарства.

Аратов подивился познаньям тетки – и ушел к себе. И опять почувствовал то же, ту же власть над собой. Власть эта сказывалась и в том, что ему беспрестанно представлялся образ Клары, до малейших подробностей, до таких подробностей, которые он при жизни ее как будто и не замечал: он видел, видел ее пальцы, ногти, рядки волос на щеках под висками, небольшую родинку под левым глазом, видел движения ее губ, ноздрей, бровей... и какая у ней походка – и как она держит голову немного на правый бок все видел он! Он вовсе не любовался всем этим; он только не мог об этом не думать и не видеть. В первую ночь после своего возвращения она, однако, ему не снилась... он очень устал и спал как убитый. Зато, как только он проснулся – она снова вошла в его комнату – и так осталась в ней – точно хозяйка;

als ob sie sich mit ihrem freiwilligen Tod das Recht erkauft hätte, ohne ihn zu fragen, bei ihm aus- und einzugehen.

Er nahm ihre Fotografie vor, begann sie zu reproduzieren und zu vergrößern. Dann fiel es ihm ein, das Bild für das Stereoskop einzurichten. Das machte ihm nicht wenig Arbeit. Schließlich brachte er es doch fertig.

Er zuckte zusammen, als er durch die Linse ihre Figur sah, die den Anschein von Körperlichkeit angenommen hatte. Sie war aber grau, wie verstaubt, und die Augen – die Augen blickten zur Seite, wie wenn sie sich von ihm wegwandte. Er stand lange da, blickte lange in die Augen, als erwarte er, dass sie sich auf ihn richten. Er kniff sogar seine Augen zusammen. Die ihrigen aber blieben unbeweglich, und ihre Figur bekam etwas Puppenhaftes.

Er ließ das Bild liegen, warf sich in einen Sessel, holte das herausgerissene Tagebuchblatt mit der unterstrichenen Zeile hervor und dachte: Man sagt, dass Verliebte die Zeilen küssen, die von einer geliebten Hand herrühren, ich habe aber diesen Wunsch nicht – auch die Handschrift erscheint mir nicht schön. Doch in dieser Zeile ist mein Gerichtsurteil enthalten.

Da fiel ihm das Versprechen ein, das er Anna wegen des Artikels gegeben hatte. Er setzte sich hin und versuchte zu schreiben. Es wurde aber so verlogen, so hochtrabend, vor allem so verlogen, als ob er weder an die Worte, die er schrieb, noch an seine eigenen Gefühle glaubte. Auch Klara selbst kam ihm so unbekannt und unverständlich vor! Sie ließ sich gar nicht anfassen.

Nein! sagte er sich und legte die Feder beiseite. Entweder ist das Schreiben überhaupt nicht meine Sache oder ich muss noch abwarten!

Er dachte wieder an seinen Besuch bei den Milowidows und an die Erzählung Annas, dieser guten, herrlichen Anna... Das von ihr gebrauchte Wort »unberührte« kam ihm plötzlich in den Sinn; es versengte und erleuchtete seine Seele.

точно она своей добровольной смертью купила себе это право, не спросясь его и не нуждаясь в его позволенье. Он взял ее фотографическую карточку; начал ее воспроизводить, увеличивать. Потом он вздумал ее приладить к стереоскопу. Хлопот ему было много... наконец это ему удалось. Он так и вздрогнул, когда увидал сквозь стекло ее фигуру, получившую подобие телесности. Но фигура эта была серая, словно запыленная... и к тому же глаза... глаза все смотрели в сторону, все как будто отворачивались. Он стал долго, долго глядеть на них, как бы ожидая, что вот они направятся в его сторону, он даже нарочно прищуривался... но глаза оставались неподвижными, и вся фигура принимала вид какой-то куклы. Он отошел прочь, бросился в кресло, достал вырезанный листок ее дневника, с подчеркнутыми словами – и подумал: "Ведь вот, говорят, влюбленные целуют строки, написанные милой рукою, а мне этого не хочется делать – да и почерк мне кажется некрасивым. Но в этой строке – мой приговор". Тут ему пришло в голову обещанье, данное Анне насчет статьи. Он сел за стол и принялся было ее писать; но все у него выходило так ложно, так риторично... главное, так ложно... точно он не верил ни в то, что он писал, ни в собственные чувства... да и сама Клара показалась ему незнакомой, непонятной! Она не давалась ему. "Нет! – подумал он, бросая перо... – либо сочинительство вообще не мое дело, либо еще подождать надо!" Он стал припоминать свое посещение у Миловидовых и весь рассказ Анны, этой доброй, чудной Анны... Сказанное ею слово. "Нетронутая!" внезапно поразило его... Словно что и обожгло и осветило.

»Ja«, sagte er laut. »Sie ist unberührt, auch ich bin unberührt. Das ist es, was ihr diese Gewalt über mich gibt!«

Er musste wieder an die Unsterblichkeit der Seele, an das Leben jenseits des Grabes denken. – Heißt es denn nicht in der Bibel: »Tod, wo ist dein Stachel?« Und bei Schiller: »Auch die Toten sollen leben?« Wohl bei Mickiewicz hatte er gelesen: »Ich werde bis ans Ende der Zeiten lieben – und auch nach dem Ende der Zeiten!« Und ein englischer Dichter hat gesagt: »Die Liebe ist stärker als der Tod!«

Die Bibelstelle machte auf Aratow den größten Eindruck. Er wollte die Stelle nachschlagen. Und weil er keine eigene Bibel besaß, bat er Tante Platoscha um die ihrige. Sie war sehr erstaunt, holte aber ein uraltes Buch in verbogenem, mit Wachstropfen bedecktem Ledereinband mit Messingschließen hervor und händigte es Aratow aus.

Er ging damit zurück in sein Zimmer, konnte lange die Stelle, die er suchte, nicht finden – fand dafür aber eine andere: »Niemand hat größere Liebe, denn die, dass er sein Leben lasset für seine Freunde.« (Johannis, XV, 13.)

Er sagte sich: Es sollte anders heißen: Niemand hat größere Gewalt ...

Und wenn sie ihr Leben gar nicht für mich gelassen hat? Wenn sie nur darum Hand an sich gelegt hat, weil das Leben ihr eine Last war? Wenn sie schließlich gar nicht einer Liebeserklärung wegen zum Stelldichein gekommen war?

In diesem Augenblick erschien vor ihm Klara, so wie er sie vor der Trennung auf dem Boulevard gesehen hatte. Er erinnerte sich ihres wehmütigen Ausdrucks, ihrer Tränen und ihrer Worte: »Ach, Sie haben ja nichts verstanden! ...«

Nein, er durfte nicht mehr zweifeln, wofür und für wen sie ihr Leben gelassen hatte.

So verging der ganze Tag bis zum Abend.

– Да, – промолвил он громко, – она нетронутая – и я нетронутый... Вот что дало ей эту власть!

Мысли о бессмертии души, о жизни за гробом снова посетили его. Разве не сказано в библии: "Смерть, где жало твое?" А у Шиллера– "И мертвые будут жить!" (Auch die Todten sollen leben!) Или вот еще, кажется, у Мицкевича "Я буду любить до скончания века... и по скончании века!" А один английский писатель сказал: "Любовь сильнее смерти" Библейское изречение особенно подействовало на Аратова. Он хотел отыскать место, где находятся эти слова Библии у него не было, он пошел попросить ее у Платоши. Та удивилась, однако достала старую-старую книгу в покоробленном кожаном переплете, с медными застежками, всю закапанную воском – и вручила ее Аратову. Он унес ее к себе в комнату – но долго не находил того изречения... зато ему попалось другое:

"Большее сея любве никто же имать, да кто душу свою положит за друга своя..." (Ев. от Иоанна, XV гл., 13 ст.)

Он подумал: "Не так сказано. Надо было сказать "Большее сея власти никто же имать..."

"А если она вовсе не за меня положила свою душу? Если она только потому покончила с собою, что жизнь ей стала в тягость? Если она, наконец, вовсе не для любовных объяснений пришла на свидание?"

Но в это мгновенье ему представилась Клара перед разлукой на бульваре... Он вспомнил то горестное выражение на ее лице – и те слезы и те слова: "Ах, вы ничего не поняли..."

Нет он не мог сомневаться в том, из-за чего и для кого она положила свою душу...

Так прошел весь этот день до ночи.

XV

Aratow ging früh zu Bett; er wollte eigentlich noch nicht schlafen, hoffte aber im Bett Ruhe zu finden. Die Spannung der Nerven ermüdete ihn viel mehr als die physische Abspannung der Reise. Wie groß auch seine Müdigkeit war, einschlafen konnte er doch nicht. Er versuchte zu lesen, doch die Zeilen verschwammen vor seinen Augen. Er blies die Kerze aus, und in seinem Zimmer wurde es dunkel. Er lag aber noch immer schlaflos mit geschlossenen Augen da.

Plötzlich kam es ihm vor, als ob ihm jemand etwas ins Ohr flüstere ... Es ist das Herzklopfen, das Rauschen des Blutes, dachte er sich. Das Geflüster ging aber in zusammenhängende Rede über. Jemand sprach russisch, hastig, klagend, doch unverständlich. Er konnte kein einziges Wort verstehen. Es war aber Klaras Stimme!

Aratow öffnete die Augen, setzte sich auf und stützte sich in die Ellenbogen. Die Stimme klang etwas leiser, fuhr aber in ihrer klagenden, hastigen, noch immer unverständlichen Rede fort.

Es war zweifellos Klaras Stimme!

Unsichtbare Finger liefen über die Tasten des Pianinos. Dann erklang wieder die Stimme. Zuerst gedehnte Töne, wie Seufzer – immer die gleichen. Und dann einzelne verständliche Worte: »Rosen ... Rosen ... Rosen ...«

»Rosen«, flüsterte Aratow nach. »Ach ja! Das sind ja die Rosen, die ich im Traume auf dem Kopfe jenes Wesens gesehen habe.«

»Rosen ...« klang es wieder.

»Bist du es?« fragte Aratow im gleichen Flüsterton.

Die Stimme war plötzlich verstummt.

Aratow wartete, wartete und ließ den Kopf auf das Kissen sinken.

Eine Gehörhalluzination, sagte er sich. Wenn sie aber wirklich hier in der Nähe ist? Wenn ich sie erblicke, werde ich da erschrecken? Oder mich freuen? Warum sollte ich

XV

Аратов лег рано, без особенного желания спать; но он надеялся найти отдых в постели. Напряженное состояние его нервов причинили ему утомление, гораздо более несносное, чем физическая усталость путешествия и дороги. Однако, как ни было велико его утомление, заснуть он не мог. Он попытался читать... но строки путались перед его глазами. Он погасил свечку – и мрак водворился в его комнате. Но он продолжал лежать без сна, с закрытыми глазами... И вот ему почудилось: кто-то шепчет ему на ухо... "Стук сердца, шелест крови..." – подумал он. Но шепот перешел в связную речь. Кто-то говорил по-русски, торопливо, жалобно – и невнятно. Ни одного отдельного слова нельзя было уловить... Но это был голос Клары!

Аратов открыл глаза, приподнялся, облокотился... голос стал слабее, но продолжал свою жалобную, поспешную, по-прежнему невнятную речь...

Это, несомненно, голос Клары!

Чьи-то пальцы пробежали легкими арпеджиями по клавишам пианино... Потом голос опять заговорил. Послышались более протяжные звуки... как бы стоны, все одни и те же. А там начали выделяться слова...

"Розы розы розы"

– Розы, – повторил шепотом Аратов. – Ах да! это те розы, которые я видел на голове той женщины во сне... "Розы", – послышалось опять.

– Ты ли это? – спросил тем же шепотом Аратов.

Голос вдруг умолк.

Аратов подождал... подождал – и уронил голову на подушку. "Галлюцинация слуха, – подумал он. – Ну, а если... если она точно здесь, близко?... Если бы я ее увидел – испугался ли бы я? Или обрадовался? Но чего бы я испугался? Чему бы обрадовался? Разве вот

erschrecken? Und worüber sollte ich mich freuen? Höchstens darüber, dass es ein Beweis für die Existenz einer anderen Welt, der Unsterblichkeit der Seele wäre. Und wenn ich auch etwas sehe, so kann es übrigens auch nur eine Gesichtshalluzination sein.

Er zündete aber dennoch die Kerze an und ließ den Blick schnell, nicht ohne eine gewisse Angst, über das ganze Zimmer schweifen, entdeckte aber darin nichts Außergewöhnliches. Er stand auf, ging zum Stereoskop und sah wieder die gleiche graue Puppe mit den auf die Seite gerichteten Augen. Die Angst machte einem Gefühl von Ärger Platz. Es war, wie wenn er sich in seinen Erwartungen getäuscht hätte; auch die Erwartungen selbst kamen ihm jetzt lächerlich vor.

»Das ist ja schließlich dumm!« murmelte er. Er legte sich wieder hin und blies die Kerze aus. Und wieder wurde es im Zimmer stockfinster.

Aratow beschloss diesmal einzuschlafen. Aber eine neue Empfindung bemächtigte sich seiner. Es schien ihm, als ob jemand in der Mitte des Zimmers nicht weit von ihm stehe und kaum wahrnehmbar atme. Er wandte sich rasch um und schlug die Augen auf. Was konnte er aber in der undurchdringlichen Finsternis sehen? Er begann nach einem Zündholz auf dem Nachttisch zu suchen, und plötzlich war es ihm, als ziehe ein weicher, lautloser Wirbelwind durch das ganze Zimmer, über ihn, durch ihn hindurch, und das Wort »Ich!« klang deutlich in seinen Ohren.

»Ich! ... Ich! ...«

Es vergingen einige Augenblicke, ehe er die Kerze anzünden konnte.

Im Zimmer war wieder nichts zu sehen, und er hörte auch nichts mehr außer dem schnellen Pochen seines eigenen Herzens. Er trank ein Glas Wasser und blieb regungslos, den Kopf in eine Hand gestützt, liegen. Er wartete.

Er dachte: Ich will warten. Entweder ist alles Unsinn oder sie ist hier. Sie wird doch nicht mit mir wie die Katze mit der Maus spielen! Er wartete, er wartete lange, so lange,

чему: это было бы доказательством, что есть другой мир, что душа бессмертна. Но, впрочем, если бы я даже что-нибудь увидел – ведь это могло бы тоже галлюцинацией зренья..."

Однако он зажег свечку – и быстрым взором, не без некоторого страха обежал всю комнату... и ничего в ней необыкновенного не увидел. Он встал, подошел к стереоскопу... опять та же серая кукла с глазами, смотрящими в сторону. Чувство страха заменилось в Аратове чувством досады. Он как будто обманулся в своих ожиданьях... да и смешны ему показались эти самые ожиданья. "Ведь это наконец глупо!" – пробормотал он, снова ложась в постель – и задул свечку. Опять водворилась глубокая темнота.

Аратов решился заснуть на этот раз... Но в нем возникло новое ощущение. Ему показалось, что кто-то стоит посреди комнаты, недалеко от него – и чуть заметно дышит. Он поспешно обернулся, раскрыл глаза... Но что же можно было видеть в этой непроницаемой темноте? Он стал отыскивать спичку на ночном столике... и вдруг ему почудилось, что какой-то мягкий, бесшумный вихрь пронесся через всю комнату, через него, сквозь него – и слово "Я!" явственно раздалось в его ушах.

"Я! Я!"

Прошло несколько мгновений, прежде чем он успел зажечь свечку.

В комнате опять никого не было – и он уже не слышал ничего, кроме порывистого стука собственного сердца. Он выпил стакан воды – и остался неподвижен, опершись головою на руку. Он ждал.

Он подумал: "Буду ждать. Либо это все взор... либо она здесь. Не станет же она играть со мною, как кошка с мышью!" Он ждал, ждал долго... так долго, что рука,

dass die Hand, in die er den Kopf stützte, einschlief. Doch keine der früheren Empfindungen wollte sich wiederholen. Zweimal fielen ihm die Augen zu. Er schlug sie jedes Mal wieder auf; es schien ihm wenigstens, dass er sie aufschlug. Allmählich richteten sie sich auf die Tür und blieben an ihr haften. Die Kerze war heruntergebrannt, und das Zimmer verdunkelte sich wieder. Die Tür hob sich als länglicher weißer Fleck im Halbdunkel ab. Dieser Fleck regte sich, wurde kleiner, verschwand, und an seiner statt erschien an der Schwelle eine weibliche Gestalt. Aratow sah gespannt hin: Es war Klara! Diesmal blickte sie ihm gerade ins Gesicht und bewegte sich auf ihn zu. Sie hatte auf dem Kopf einen Kranz roter Rosen.

Er zuckte zusammen und setzte sich auf.

Vor ihm stand seine Tante in weißer Nachtjacke und einer Nachthaube mit großer roter Schleife.

»Platoscha!« brachte er mit Mühe hervor. »Sind Sie es?«

»Ja, ich«, antwortete Platonida Iwanowna. »Ich bin es, Jascha.« – »Warum sind Sie hergekommen?«

»Du hast mich ja geweckt. Anfangs hast du lange gestöhnt, dann plötzlich aufgeschrien: ›Zur Hilfe!‹«

»Habe ich geschrien?«

»Ja, und mit so heiserer Stimme: ›Zur Hilfe!‹ Ich dachte mir: Mein Gott! Ist er am Ende krank? Also kam ich her. Fühlst du dich wohl?«

»Ja, vollkommen.«

»Dann hast du wohl einen bösen Traum gehabt. Willst du, dass ich ein wenig mit Weihrauch räuchere?«

Aratow blickte die Tante noch einmal aufmerksam an und lachte plötzlich laut auf. Die gute Alte in Haube und Nachtjacke, mit dem erschrockenen lang gezogenen Gesicht war tatsächlich recht komisch anzuschauen. Alles Geheimnisvolle, was ihn soeben umschwebt und bedrückt hatte, der ganze Zauber war mit einem Male verflogen.

которой он поддерживал голову, отекла... но ни одно из прежних ощущений не повторялось. Раза два глаза его слипались... Он тотчас открывал их... по крайней мере ему казалось, что он их открывал. Понемногу они устремились на дверь и остановились на ней. Свеча нагорела – и в комнате стало опять темно... но дверь белела длинным пятном среди полумрака. И вот это пятно шевельнулось, уменьшилось, исчезло... и на его месте, на пороге двери, показалась женская фигура. Аратов всматривается... Клара! И на этот раз она прямо смотрит на него, подвигается к нему... На голове у ней венок из красных роз... Он весь всколыхнулся, приподнялся... Перед ним стоит его тетка, в ночном чепце с большим красным бантом и в белой кофте.

– Платоша! – с трудом проговорил он. – Это вы?

– Это я, – ответила Платонида Ивановна. – Я, Яшененочек, я.

– Зачем вы пришли?

– Да ты меня разбудил. Сперва все как будто стонал... а потом вдруг как закричишь: "Спасите! Помогите!"

– Я кричал?

– Да, кричал – и хрипло так: "Спасите!" Я подумала: Господи! Уж не болен ли он? Я и вошла. Ты здоров?

– Совершенно здоров.

– Ну, значит, тебе дурной сон приснился. Хочешь, ладанком покурю?

Аратов еще раз пристально вгляделся в тетку – и громко засмеялся... Фигура доброй старушки в чепце и кофте, с испуганным, вытянутым лицом, была действительно очень забавна. Все то таинственное, что его окружало, что давило его – все эти чары разлетелись разом.

»Nein, liebste Platoscha, bitte, nicht!« sagte er. »Entschuldigen Sie bitte, dass ich Sie, ohne es zu wollen, geweckt habe. Schlafen Sie wohl, auch ich werde einschlafen.«

Platonida Iwanowna blieb noch eine Weile stehen, zeigte auf die Kerze, brummte: »Warum löschst du sie nicht aus? Wie leicht kann ein Unglück geschehen!« und konnte sich nicht enthalten, ihn beim Weggehen zu bekreuzigen.

Aratow versank sofort in Schlaf und schlief bis zum Morgen durch. Er stand in recht guter Stimmung auf, obwohl ihm irgendetwas leidtat. Er fühlte sich leicht und frei.

Das sind romantische Einfälle! sagte er sich mit einem Lächeln.

Er warf weder einen Blick ins Stereoskop noch auf das von ihm herausgerissene Tagebuchblatt. Doch gleich nach dem Frühstück begab er sich zu Kupfer.

Er fühlte dunkel, was ihn zu ihm hinzog.

XVI

Aratow traf seinen sanguinischen Freund zu Hause an. Er sprach mit ihm über dies und jenes, machte ihm Vorwürfe, dass er ihn und die Tante ganz vergessen habe, hörte von ihm neue Lobhymnen auf das goldene Herz der Fürstin, von der Kupfer soeben aus Jaroslawl ein mit Fischschuppen besticktes Käppchen zum Geschenk bekommen hatte.

Plötzlich setzte er sich vor Kupfer hin, blickte ihm gerade in die Augen und erklärte, dass er in Kasan gewesen sei.

»Du warst in Kasan? Wozu?«

»Ich wollte einiges über diese ... Klara Militsch erfahren.«

»Über die, die sich vergiftet hat?«

»Ja.«

– Нет, Платоша, голубушка, не надо, – промолвил он. – Извините, пожалуйста, что я нехотя вас потревожил. Почивайте спокойно – и я усну.

Платонида Ивановна постояло еще немного на месте, показала на свечку, поворчала: зачем, мол не гасишь... долго ли до беды! – и, уходя, не могла удержаться, чтобы хоть издали, да не перекрестить его.

Аратов немедленно заснул – и спал до утра. Он и встал в хорошем расположении духа... хотя ему и было жаль чего-то... Он чувствовал себя легко и свободно. "Экие романтические затеи, подумаешь", – говорил он самому себе с улыбкой. Он ни разу не взглянул ни на стереоскоп, ни на вырванный им листок. Однако тотчас после завтрака отправился к Купферу.

Что его туда влекло... он сознавал смутно.

XVI

Аратов застал своего сангвинического приятеля дома. Поболтал с ним немного, попрекнул ему, что он совсем их с теткой забывает, – выслушал новые похвалы золотой женщине, княгине, от которой Купфер только что получил из Ярославля ермолку, вышитую рыбьей чешуей... и вдруг, усевшись перед Купфером и глядя ему прямо в глаза, объявил, что ездил в Казань.

– Ты ездил в Казань? Это зачем?

– Да вот хотел собрать сведений об этой Кларе Милич.

– О той, что отравилась?

– Да.

Kupfer schüttelte den Kopf. »So einer bist du gar! Und stellst dich so still! Tausend Werst fährst du hin, tausend Werst zurück – und wozu? Warum? Wenn doch wenigstens irgendein Frauenzimmer im Spiele wäre! Dann würde ich alles verstehen. Alles! Jeden Wahnsinn!« Kupfer zerzauste sich das Haar. »Aber nur um Material zu sammeln, wie ihr gelehrten Männer es nennt. Ich danke! Dazu gibt es statistische Komitees! Nun, hast du die Alte und die Schwester kennengelernt? Ein prächtiges Mädchen, nicht wahr?«

»Ja, ein prächtiges Mädchen«, bestätigte Aratow. »Sie hat mir viel Interessantes erzählt.«

»Hat sie dir auch gesagt, wie Klara sich vergiftet hat?«

»Was heißt ... wie?«

»Auf welche Weise?«

»Nein. Sie war ja noch zu sehr erschüttert. Ich wagte nicht, sie zu viel zu fragen. War es denn irgendwie außergewöhnlich?«

»Gewiss. Stell dir nur vor. Sie musste an jenem Tag spielen, und sie spielte auch. Sie nahm das Fläschchen mit dem Gift mit ins Theater, trank es vor dem ersten Akt aus und spielte den ganzen Akt zu Ende. Mit dem Gift im Magen! Diese Willensstärke! Dieser Charakter! Man sagt, dass sie noch keine Rolle mit solchem Gefühl, mit solchem Feuer gespielt habe! Das Publikum ahnte nichts, klatschte und rief Bravo. Kaum war aber der Vorhang gefallen, als auch sie auf die Bühne fiel. Sie bekam Krämpfe, Krämpfe; und nach einer Stunde gab sie den Geist auf! Habe ich es dir denn noch nicht erzählt? Es stand auch in den Zeitungen!«

Aratow fühlte plötzlich seine Hände erkalten und etwas in seiner Brust zittern.

»Nein, du hast es mir noch nicht erzählt«, sagte er schließlich. »Weißt du nicht, was für ein Stück es war?«

Купфер покачал головою.

– Вишь ты какой! А еще тихоня! Тысячу верст отломал туда и сюда... из-за чего? А? И хоть бы женский интерес тут был какой. Тогда я все понимаю! Все! Всякие безумства! – Купфер взъерошил себе волосы – Но чтобы одни материалы собирать – как это у вас говорится – у ученых мужей... Слуга покорный! На это существует статистический комитет! Ну и что ж, познакомился ты со старухой и с сестрой? Не правда ли, чудесная девушка?

– Чудесная, – подтвердил Аратов. – Она мне много любопытного сообщила.

– Сказала она тебе, как именно отравилась Клара?

– То есть... как же?

– Да, каким манером?

– Нет... Она еще так была огорчена... Я не посмел слишком-то расспрашивать. А разве было что особенное?

– Конечно, было. Представь: она должна была в самый тот день играть – и играла. Взяла с собою склянку яду в театр, перед первым актом выпила – и так и доиграла весь этот акт. С ядом-то внутри! Какова сила воли? Характер каков? И, говорят, никогда она с таким чувством, с таким жаром не проводила своей роли! Публика ничего не подозревает, хлопает, вызывает... А как только занавес опустился – и она тут же, на сцене, упала. Корчи... корчи... и через час и дух вон! Да разве я тебе этого не рассказывал? И в газетах об этом было!

У Аратова внезапно похолодели руки и в груди задрожало.

– Нет, ты мне этого не рассказывал, – промолвил он наконец – И ты не знаешь, какая это была пьеса?

Kupfer versuchte sich zu besinnen. »Man hat mir das Stück wohl genannt – ein betrogenes Mädchen kommt darin vor. Es wird wohl irgendein Drama gewesen sein. Klara war für dramatische Rollen wie geboren. Selbst ihr Äußeres ... Ja, wo willst du denn hin?« unterbrach sich Kupfer, als er Aratow nach der Mütze greifen sah.

»Ich fühle mich nicht ganz wohl«, antwortete Aratow. »Auf Wiedersehen. Ich komme ein anderes Mal.«

Kupfer hielt ihn auf und blickte ihm ins Gesicht. »Was bist du doch für ein nervöser Mensch! Schau dich nur an ... Bist weiß wie Kreide.«

»Mir ist nicht ganz wohl«, wiederholte Aratow. Er befreite sich aus Kupfers Armen und ging nach Hause. Erst jetzt wurde es ihm klar, dass er zu Kupfer mit einer einzigen Absicht gegangen war, nämlich mit ihm über Klara zu sprechen.

»Über die wahnsinnige, unselige Klara ...«

Als er aber nach Hause kam, beruhigte er sich wieder einigermaßen.

Die näheren Umstände des Selbstmordes machten zunächst einen erschütternden Eindruck auf ihn. Später aber kam ihm dieses Spiel »mit dem Gift im Magen«, wie Kupfer sich ausgedrückt hatte, als eine hässliche Phrase, als ein Bravourstück vor, und er bemühte sich, nicht mehr daran zu denken, um nicht ein Gefühl von Ekel in sich aufkommen zu lassen.

Als er beim Mittagessen der Tante Platoscha gegenübersaß, erinnerte er sich plötzlich an die mitternächtliche Erscheinung mit der kurzen Nachtjacke und der großen Schleife an der Haube (wozu hat sie an der Haube diese Schleife?), an ihre ganze komische Gestalt, die wie der Signalpfiff des Regisseurs in einem fantastischen Ballett alle Visionen zu Staub zerfallen machte. Er veranlasste sogar Platoscha, ihm noch einmal zu erzählen, wie sie seinen Aufschrei gehört habe, wie sie aufgesprungen sei und im ersten Augenblick vor Schreck weder ihre noch seine Tür habe finden können

Купфер задумался.

– Называли мне эту пьесу... в ней является обманутая девушка... Должно быть, драма какая-нибудь... Клара была рождена для драматических ролей... Самая ее наружность... Но куда же ты? – перебил самого себя Купфер, видя, что Аратов берется за шапку.

– Мне что-то нездоровится, – отвечал Аратов. – Прощай... Я в другой раз зайду.

Купфер остановил его и заглянул ему в лицо.

– Экой ты, брат, нервический человек! Посмотри-ка на себя... Побелел, как глина.

– Мне нездоровится, – повторил Аратов, освободился от руки Купфера и отправился восвояси. Только в это мгновение ему стало ясно, что он и приходил-то к Купферу с единственной целью поговорить о Кларе... О безумной, о несчастной Кларе...

Однако, придя домой, он опять скоро успокоился – до некоторой степени.

Обстоятельства, сопровождавшие смерть Клары, сначала произвели на него потрясающее впечатление; но потом эта игра "с ядом внутри", как выразился Купфер, показалась ему какой-то уродливой фразой, бравировкой – и он уже старался не думать об этом, боясь возбудить в себе чувство, похожее на отвращение. А за обедом, сидя перед Платошей, он вдруг вспомнил ее полуночное появление, вспомнил эту куцую кофту, этот чепец с высоким бантом (и к чему бант на ночном чепце?!), всю эту смешную фигуру, от которой, как от свистка машиниста в фантастическом балете, все его видения рассыпались прахом! Он даже заставил Платошу повторить рассказ о том, как она услышала его крик, испугалась, вскочила, не могла разом попасть ни в свою, ни в его дверь, и т. д. Вечером он с ней поиграл в карты и ушел в свою комнату

und so weiter. Abends spielte er mit ihr wieder Karten und zog sich in sein Zimmer zurück, etwas traurig, doch ziemlich ruhig.

Aratow dachte nicht an die bevorstehende Nacht und fürchtete sie nicht: Er war überzeugt, dass er sie gut verbringen würde. Der Gedanke an Klara erwachte in ihm nur ab und zu; es fiel ihm aber jedes Mal ein, wie »theatralisch« sie sich umgebracht hatte, und er wandte sich von ihr wieder ab. Dieses Hässliche verscheuchte jede andere Erinnerung an sie. Er warf einen Blick ins Stereoskop, und es kam ihm vor, dass sie sich nur darum von ihm wegwandte, weil sie sich schämte. An der Wand über dem Stereoskop hing das Bildnis seiner Mutter. Aratow nahm es vom Nagel, betrachtete es lange, küsste es und steckte es behutsam in die Schublade. Warum tat er es? Weil dieses Bild nicht in der Nähe jenes anderen weiblichen Wesens bleiben durfte oder aus irgendeinem anderen Grund? Er gab sich keine Rechenschaft darüber. Das Bild der Mutter brachte ihm aber seinen Vater in Erinnerung, den Vater, den er einst in diesem selben Zimmer, auf diesem selben Bett hatte sterben sehen.

Was denkst du dir darüber, Vater? wandte er sich in Gedanken an ihn. Du hast doch das alles verstanden, hast auch an die Schillersche Geisterwelt geglaubt. Gib mir nun einen Rat!

»Der Vater würde mir raten, diesen ganzen Unsinn bleiben zu lassen!« sagte Aratow laut und griff nach einem Buch. Er konnte aber doch nicht lesen; er fühlte eine seltsame Schwere in seinem ganzen Körper und ging früher als sonst zu Bett, fest davon überzeugt, dass er sofort einschlafen werde.

Er schlief auch wirklich sofort ein, aber seine Hoffnung auf eine friedliche Nacht ging nicht in Erfüllung.

немного грустный, но опять-таки довольно спокойный.

Аратов не думал о предстоящей ночи и не боялся ее он был уверен, что проведет ее как нельзя лучше. Мысль о Кларе от времени до времени пробуждалась в нем; но он тотчас вспоминал, как она "фразисто" себя уморила, и отворачивался. Это "безобразие" мешало другим воспоминаниям о ней. Взглянувши мельком на стереоскоп, ему даже показалось, что она оттого смотрела в сторону, что ей было стыдно. Прямо над стереоскопом на стене висел портрет его матери. Аратов снял его с гвоздя, долго его рассматривал, поцеловал и бережно спрягал в ящик. Отчего он это сделал? Оттого ли, что тому портрету не следовало находиться в соседстве той женщине... или по другой какой причине – Аратов не отдал себе отчета. Но портрет матери возбудил в нем воспоминания об отце... об отце, которого он видел умирающим в этой же самой комнате, на этой постели. "Что ты думаешь обо всем этом, отец? – обратился он мысленно к нему. – Ты все это понимал; ты тоже верил в шиллеровский "мир духов". Дай мне совет!"

– Отец дал бы мне совет все эти глупости бросить, – промолвил Аратов громко и взялся за книгу. Читать он, однако, долго не мог и, чувствуя какое-то отяжеление всего тела, раньше обыкновенного лет в постель, в полной уверенности, что заснет немедленно.

Оно так и случилось... но не оправдались его надежды на мирную ночь.

XVII

Es hatte noch nicht Mitternacht geschlagen, als er einen ungewöhnlichen, unheildrohenden Traum hatte.

Es träumte ihm, dass er sich in einem reichen Gutshaus befinde, dessen Besitzer er sei. Er hat erst vor Kurzem das Haus und das dazugehörige Gut gekauft. Und er denkt sich immer: Jetzt ist es gut, sehr gut, es wird aber ein schlechtes Ende nehmen! Vor ihm scharwenzelt ein kleines Männchen, sein Gutsverwalter; er lacht immer, verbeugt sich und will Aratow zeigen, wie schön alles im Haus und auf dem Gut eingerichtet sei.

»Bitte schön, bitte schön«, sagte er, bei jedem Worte kichernd, »schauen Sie nur, wie gut alles eingerichtet ist! Da sind die Pferde – was für herrliche Pferde!«

Aratow sieht eine Reihe riesengroßer Pferde. Sie stehen im Stall mit dem Rücken zu ihm; sie haben wunderbare Mähnen und Schweife. Als Aratow an ihnen vorbeigeht, wenden sie ihre Köpfe nach ihm um und fletschen unangenehm die Zähne.

Es ist wohl schön, wird aber ein schlechtes Ende nehmen!, denkt sich Aratow.

»Bitte schön, bitte schön!« sagt wieder der Verwalter. »Kommen Sie in den Garten, schauen Sie nur, was für herrliche Äpfel Sie haben!«

Die Äpfel sind wirklich herrlich, rot und rund; wie Aratow sie aber genauer anschaut, werden sie runzlig und fallen zu Boden.

Das wird ein schlechtes Ende nehmen!, denkt er sich.

»Da ist der See«, lallt der Verwalter, »schauen Sie nur, wie blau und wie glatt er ist! Da ist auch der goldene Nachen. Wollen Sie nicht ein wenig spazieren fahren? Er fährt ganz von selbst.«

Nein, ich setze mich nicht hinein!, denkt sich Aratow, es wird ein schlechtes Ende nehmen! Und er setzt sich doch in den Nachen.

XVII

Полночь еще не успела пробить, как ему уже привиделся необычный, угрожающий сон.

Ему казалось, что он находится в богатом помещичьем доме, которого он был хозяином. Он недавно купил и дом этот, и все прилегавшее к нему имение. И все ему думается: "Хорошо, теперь хорошо, а быть худу!" Возле него вертится маленький человечек, его управляющий; он все смеется, кланяется и хочет показать Аратову, как у него в доме и имении все отлично устроено.

– "Пожалуйте, пожалуйте, – твердит он, хихикая при каждом слове, – посмотрите, как у вас все благополучно! Вот лошади... экие чудесные лошади!" И Аратов видит ряд громадных лошадей. Они стоят к нему задом, в стойлах; гривы и хвосты у них удивительные, но как только Аратов проходит мимо, головы лошадей поворачиваются к нему – скверно скалят зубы. "Хорошо... – думает Аратов, – а быть худу!"

– "Пожалуйста, пожалуйста, – опят твердит управляющий, – пожалуйте в сад: посмотрите, какие у вас чудесные яблоки". Яблоки точно чудесные, красные, круглые; но как только Аратов взглядывает на них, они морщатся и падают... "Быть худу", – думает он.

– "А вот и озеро, – лепечет управляющий, – какое оно синее да гладкое! Вот и лодочка золотая... Угодно на ней прокатиться?... Она сама поплывет".

– "Не сяду! – думает Аратов, – быть худу!" – и все-таки садится в лодочку.

Auf dem Boden des Nachens liegt zusammengekauert ein kleines Geschöpf, einem Affen ähnlich; es hält ein Fläschchen mit einer dunklen Flüssigkeit in den Pfoten.

»Haben Sie nur keine Angst«, ruft ihm der Verwalter vom Ufer nach. »Es ist nichts! Es ist der Tod! Glückliche Reise!«

Der Nachen fährt schnell dahin. Plötzlich aber kommt ein Wirbelwind, nicht wie der gestrige lautlose, weiche – nein, ein schwarzer, schrecklicher, heulender Wirbelwind! Alles dreht sich, und Aratow sieht mitten in der wirbelnden Finsternis Klara in ihrem Theaterkostüm: Sie führt ein Fläschchen an die Lippen, aus der Ferne klingen Bravorufe, und eine rohe Stimme schreit Aratow ins Ohr: »Du glaubtest wohl, dass es mit einer Komödie enden wird? Nein, es ist eine Tragödie! Eine Tragödie!«

Aratow erwacht, am ganzen Leibe zitternd. Im Zimmer ist es gar nicht finster. Von irgendwo kommt ein schwacher Schimmer, der alle Gegenstände mit traurigem, unbeweglichem Licht übergießt. Aratow gibt sich keine Rechenschaft darüber, woher das Licht kommt. Er fühlt nur das eine: Klara ist hier, in diesem Zimmer. Er fühlt ihre Nähe. Er ist wieder und für immer in ihrer Gewalt!

Aus seinen Lippen dringt der Schrei: »Klara, bist du hier?«

»Ja!« ertönt es deutlich mitten im unbeweglich erleuchteten Zimmer.

Aratow wiederholt lautlos seine Frage. – » Ja!« tönt es wieder.

»Also will ich dich sehen!« schreit er auf und springt aus dem Bett.

Einige Augenblicke stand er unbeweglich mit den bloßen Füßen auf dem kalten Fußboden. Seine Blicke schweiften umher, seine Lippen flüsterten: »Wo denn? Wo?«

Nichts zu sehen und nichts zu hören.

На дне лежит, скорчившись, какое-то маленькое существо, похожее на обезьяну; оно держит в лапе склянку с темной жидкостью. "Не извольте беспокоиться, – кричит с берегу управляющий...

– Это ничего! Это смерть! Счастливого пути!" Лодка быстро мчится... но вдруг налетает вихрь, не вроде вчерашнего, бесшумного, мягкого – нет, черный, страшный, воющий вихрь! Все мешается кругом – и среди крутящейся мглы Аратов видит Клару в театральном костюме; она подносит склянку к губам, слышатся отдаленные: "Браво! Браво!" – и чей-то грубый голос кричит Аратову на ухо: "А! ты думал, это все комедией кончится? Нет, это трагедия! Трагедия!"

Весь трепеща, проснулся Аратов. В комнате не темно... Откуда-то льется слабый свет и печально и неподвижно освещает все предметы. Аратов не отдает себе отчета, откуда льется этот свет... Он чувствует одно: Клара здесь, в этой комнате... он ощущает ее присутствие... он опять и навсегда в ее власти!

Из губ его исторгается крик:

– Клара, ты здесь?

– Да! – раздается явственно среди неподвижно освещенной комнаты.

Аратов беззвучно повторяет свой вопрос...

– Да! – слышится снова.

– Так я хочу тебя видеть! – вскрикивает он и соскакивает с постели.

Несколько мгновений простоял он на одном месте, попирая голыми ногами холодный пол. Взоры его блуждали. "Где же? Где?" – шептали его губы...

Ничего не видать, не слыхать...

Er sah sich um und merkte, dass das schwache Licht, das das Zimmer erfüllte, von einem Nachtlicht kam, das, mit einem Blatt Papier verdeckt, in der Ecke stand: Platoscha hatte es wohl, als er schlief, hingestellt. Er spürte auch den Geruch von Weihrauch; auch das war wohl ihr Werk.

Er zog sich schnell an. Noch länger im Bett zu bleiben und einzuschlafen war undenkbar. Er blieb mitten im Zimmer stehen und kreuzte die Arme.

Er fühlte die Anwesenheit Klaras stärker als je.

Und nun begann er nicht laut, aber langsam und feierlich, wie man Beschwörungsformeln spricht: »Klara, wenn du wirklich hier bist, wenn du mich siehst, wenn du mich hörst, so erscheine! Wenn du verstehst, wie bitter ich es bereue, dass ich dich nicht verstanden und dich zurückgewiesen habe, so erscheine! Wenn das, was ich hörte, wirklich deine Stimme war, wenn das Gefühl, das mich ergriffen, Liebe ist; wenn du jetzt überzeugt bist, dass ich, der ich bisher noch kein einziges Weib geliebt und erkannt habe, dich liebe; wenn du weißt, dass ich nach deinem Tode in leidenschaftlicher, unüberwindlicher Liebe zu dir entflammt bin; wenn du nicht willst, dass ich wahnsinnig werde – so erscheine, Klara!«

Aratow hatte das letzte Wort noch nicht gesprochen, als er plötzlich fühlte, wie jemand von rückwärts schnell auf ihn zuging – wie damals auf dem Boulevard – und ihm eine Hand auf die Schulter legte. Er wandte sich um und sah niemand. Aber das Gefühl ihrer Nähe wurde so deutlich, so zweifellos, dass er sich noch einmal umsah.

Он осмотрелся – и заметил, что слабый свет, наполнявший комнату, происходил от ночника, заслоненного листом бумаги и поставленного в углу, вероятно, Платошей, в то время как он спал. Он даже почувствовал запах ладана... тоже, вероятно, дело ее рук.

Он поспешно оделся. Оставаться в постели, спать – было немыслимо. Потом он остановился посреди комнаты и скрестил руки. Ощущение присутствия Клары было в нем сильнее, чем когда-либо.

И вот он заговорил не громким голосом, но с торжественной медлительностью, как произносятся заклинания.

– Клара, – так начал он, – если ты точно здесь, если ты меня видишь, если ты меня слышишь – явись! Если эта власть, которую я чувствую над собою – точно твоя власть – явись! Если ты понимаешь, как горько я раскаиваюсь в том, что не понял, что оттолкнул тебя, явись! Если то, что я слышал – точно твой голос; если чувство, которое овладело мною – любовь; если ты теперь уверена, что я люблю тебя, я, который до сих пор не любил и не знал ни одной женщины; если ты знаешь, что я после твоей смерти полюбил тебя страстно, неотразимо, если ты не хочешь, чтобы я сошел с ума, – явись, Клара!

Аратов еще не успел произнести это последнее слово, как вдруг почувствовал, что кто-то быстро подошел к нему, сзади – как тогда, на бульваре – и положил ему руку на плечо. Он обернулся – и никого не увидел. Но то ощущение ее присутствия стало таким явственным, таким несомненным, что он опять торопливо оглянулся...

Was ist das?! In seinem Sessel, zwei Schritte vor ihm, sitzt ein weibliches Wesen, ganz in Schwarz. Der Kopf ist zur Seite geneigt, wie im Stereoskop. Das ist sie! Das ist Klara! Doch welch ein strenges, trauriges Gesicht!

Aratow sank langsam in die Knie. Ja, er hatte damals recht gehabt: Er empfand jetzt weder Entsetzen noch Freude, nicht einmal Erstaunen. Sein Herz begann sogar langsamer zu schlagen. Er hatte nur ein Gefühl, nur ein Bewusstsein: Endlich! Endlich!

»Klara«, begann er mit schwacher, doch gleichmäßiger Stimme, »warum siehst du mich nicht an? Ich weiß ja, dass du es bist. Ich könnte mir aber auch denken, dass meine Einbildungskraft ein Bild geschaffen hat, das *jenem* (er zeigte mit der Hand auf das Stereoskop) ähnlich ist. Beweise mir, dass du es bist. Wende dich zu mir um, sieh mich an, Klara!«

Klara hob langsam die Hand und ließ sie wieder sinken.

»Klara, Klara, wende dich zu mir um!«

Und Klara wandte langsam den Kopf zu ihm, die gesenkten Lider hoben sich, und die dunklen Pupillen hefteten sich auf Aratow.

Er wich etwas zurück und hauchte gedehnt und zitternd: »Ah!«

Klara sah ihn unverwandt an, aber ihre Augen, ihre Züge bewahrten den früheren nachdenklich strengen, beinahe unzufriedenen Ausdruck. Diesen Ausdruck hatte sie damals bei der literarischen Matinee auf dem Podium, ehe sie Aratow erblickte. Und ebenso wie damals errötete sie plötzlich, ihr Gesicht belebte sich, der Blick leuchtete auf, und die Lippen öffneten sich in einem freudigen, sieghaften Lächeln.

»Du hast mir vergeben!« rief Aratow aus. »Du hast gesiegt. Nimm mich hin! Ich bin dein, und du bist mein!«

Что это?! На его кресле, в двух шагах от него, сидит женщина, вся в черном. Голова отклонена в сторону, как в стереоскопе... Это она! Это Клара! Но какое строгое, какое унылое лицо!

Аратов тихо опустился на колени. Да, он был прав тогда: ни испуга, ни радости не было в нем – ни даже удивления... Даже сердце его стало тише биться. Одно в нем было сознание, одно чувство: "А! наконец! наконец!"

– Клара, – заговорил он слабым, но ровным голосом, – отчего ты не смотришь на меня? Я знаю, что это ты... но ведь я могу подумать, что мое воображение создало образ, подобный тому... (Он указал рукою в направлении стереоскопа) Докажи мне, что это ты... обернись ко мне, посмотри на меня, Клара!

Рука Клары медленно приподнялась... и упала снова.

– Клара, Клара! обернись ко мне!

И голова Клары тихо повернулась, опущенные веки раскрылись, и темные зрачки ее глаз вперились в Аратова.

Он подался немного назад – и произнес одно протяжное, трепетное: А!

Клара пристально смотрела на него... но ее глаза, ее черты сохраняли прежнее задумчиво-строгое, почти недовольное выражение. С этим именно выражением на лице явилась она на эстраду в день литературного утра – прежде чем увидела Аратова. И так же, как в тот раз, она вдруг покраснела, лицо оживилось, вспыхнул взор – и радостная, торжествующая улыбка раскрыла ее губы...

– Я прощен! – воскликнул Аратов. – Ты победила... Возьми же меня! Ведь я твой – и ты моя!

Er stürzte zu ihr hin, er wollte sie auf die lächelnden sieghaften Lippen küssen – und er küsste sie auch, er fühlte ihre heiße Berührung, er fühlte sogar die feuchte Kühle ihrer Zähne – und im halbdunklen Zimmer erklang ein Schrei der Verzückung.

Platonida Iwanowna, die sofort herbeistürzte, fand ihn in einer Ohnmacht. Er kniete auf dem Boden, sein Kopf ruhte auf dem Sessel, die ausgestreckten Arme hingen kraftlos herab, das bleiche Gesicht atmete unendliches berauschendes Glück.

Platonida Iwanowna sank neben ihm hin, umarmte ihn und begann zu stammeln: »Jascha, Jascha!« Sie versuchte ihn mit ihren knochigen Armen aufzuheben. Er rührte sich nicht. Platonida Iwanowna begann nun mit unmenschlicher Stimme zu schreien, und die Dienstmagd lief herbei. Sie hoben ihn mit vereinten Kräften auf, setzten ihn in den Sessel und begannen ihn mit geweihtem Wasser zu besprengen.

Er kam zu sich. Alle Fragen der Tante beantwortete er nur mit einem Lächeln. Er sah so selig und glücksvergessen aus, dass sie noch mehr erschrak und bald ihn, bald sich bekreuzigte.

Aratow schob schließlich ihre Hand zur Seite und fragte mit dem gleichen seligen Gesichtsausdruck: »Platoscha, was ist mit Ihnen los?«

»Was ist mit dir los, Jascha?«

»Was mit mir los ist? Ich bin glücklich – Ich bin glücklich, Platoscha, das ist mit mir los. Und jetzt will ich mich hinlegen und schlafen.«

Er wollte aufstehen, fühlte aber eine solche Schwäche in den Beinen und im ganzen Körper, dass er ohne Hilfe der Tante und der Magd gar nicht imstande war, sich auszuziehen und hinzulegen. Dafür schlief er sehr schnell ein. Sein Gesicht behielt den gleichen seligen und verzückten Ausdruck, war aber sehr bleich.

Он ринулся к ней, он хотел поцеловать эти улыбающиеся, эти торжествующие губы – и он поцеловал их, он почувствовал их горячее прикосновение, он почувствовал даже влажный холодок ее зубов – и восторженный крик огласил полутемную комнату.

Вбежавшая Платонида Ивановна нашла его в обмороке. Он стоял на коленях, голова его лежала на кресле, протянутые вперед руки бессильно свисли, бледное лицо дышало упоением безмерного счастия.

Платонида Ивановна так и упала возле него, обняла его стан, залепетала:

– Яша! Яшенька! Яшененочек! – попыталась приподнять его своими костлявыми руками... он не шевелился. Тогда Платонида Ивановна принялась кричать не своим голосом. Вбежала служанка. Вдвоем они кое-как его подняли, усадили, начали прыскать в него водою – да еще с образа... Он пришел в себя. Но на расспросы тетки он только улыбался – да с таким блаженным видом, что она еще пуще перетревожилась – и то его крестила, то себя... Аратов наконец отвел ее руку и все с тем же блаженным выраженьем на лице промолвил:

– Да, Платоша, что с вами?

– С тобой-то что, Яшенька?

– Со мной? Я счастлив... счастлив, Платоша... вот что со мной. А теперь я желаю лечь да спать. – Он хотел было приподняться – но такую почувствовал в ногах, да и во всем теле, слабость, что без помощи тетки да служанки не был бы в состоянии раздеться – и лечь в постель. Зато он заснул очень скоро, сохраняя на лице все то же блаженно-восторженное выражение. Только лицо его было очень бледно.

XVIII

Als Platonida Iwanowna am nächsten Morgen zu ihm hereinkam, war er noch immer im gleichen Zustand. Seine Schwäche war nicht vergangen, und er zog es vor, im Bett zu bleiben. Seine Blässe machte Platonida Iwanowna besondere Angst.

Gott, was ist denn das? fragte sie sich. Er hat keinen Tropfen Blut im Gesicht, will die Bouillon nicht mal versuchen, liegt da und lächelt und behauptet dabei, dass ihm nichts fehle!

Er wies auch das Frühstück zurück.

»Was hast du denn, Jascha?« fragte sie ihn. »Willst du denn den ganzen Tag so liegen?«

»Warum auch nicht?« antwortete Aratow freundlich.

Auch dieser freundliche Ton gefiel Platonida Iwanowna nicht. Aratow hatte das Aussehen eines Menschen, der ein großes, für ihn sehr angenehmes Geheimnis erfahren hat, das er eifersüchtig für sich bewahrt. Er wartete auf die Nacht weniger mit Ungeduld als mit Neugier.

Was kommt nun weiter? fragte er sich. Was kann noch kommen?

Er staunte nicht mehr. Er zweifelte nicht mehr, dass er mit Klara verkehrte; er zweifelte auch nicht mehr, dass sie einander liebten. Was kann aber aus einer solchen Liebe herauskommen? Er erinnerte sich jenes Kusses, und ein wunderbarer Wonneschauer durchlief alle seine Glieder.

Einen solchen Kuss tauschten wohl Romeo und Julia aus! dachte er sich. Das nächste Mal werde ich mich aber besser beherrschen. Ich werde sie besitzen. Sie wird mit einem Kranz kleiner Rosen auf den schwarzen Locken kommen ...

Und weiter? Wir können doch nicht zusammenleben! Also muss ich wohl sterben, um mit ihr zusammen zu sein? Kam sie vielleicht deswegen her, um mich so zu nehmen?

XVIII

Когда на следующее утро Платонида Ивановна вошла к нему – он находился все в том же положении... но слабость не прошла – и он даже предпочел остаться в постели. Бледность его лица особенно не понравилась Платониде Ивановне. "Что это, господи! – думалось ей, кровинки в лице нет, от бульона отказывается, лежит да посмеивается – и все уверяет, что здоровехонек!" Он отказался и от завтрака. "Что же это ты, Яша? – спрашивала она его, – так весь день и намерен пролежать?" – "А хоть бы и так?" – ответил ласково Аратов. Самая эта ласковость опять-таки не понравилась Платониде Ивановне. Аратов имел вид человека, который узнал великую, для него очень приятную тайну – и ревниво держит и хранит ее про себя. Он дожидался ночи – не то что с нетерпеньем, а с любопытством. "Что же далее? – спрашивал он себя, – что будет?" Изумляться, недоумевать он перестал; он не сомневался в том, что вступил в сообщение с Кларой, что они любят друг друга... И в этом он не сомневался. Только... что же может выйти из такой любви? Вспоминал он тот поцелуй... и чудный холод быстро и сладко пробегал по всем его членам. "Таким поцелуем, – думалось ему, – и Ромео и Джульетта не менялись! Но в другой раз я лучше выдержу... Я буду обладать ею. Она придет в венке из маленьких роз на черных кудрях.

Но как же дальше? Ведь вместе жить нам нельзя же? Стало быть, мне придется умереть, чтобы быть вместе с нею? Не за этим ли она приходила – и не так ли она хочет меня взять?

»Was ist denn dabei? Warum soll ich auch nicht sterben? Den Tod fürchte ich jetzt gar nicht. Er kann mich doch nicht vernichten! Im Gegenteil, nur so und dort werde ich glücklich sein – wie ich im Leben niemals glücklich war und wie sie es auch niemals war. Wir sind ja beide unberührt! Oh, dieser Kuss!«

Platonida Iwanowna kam jeden Augenblick zu ihm herein; sie quälte ihn nicht mit Fragen, sondern sah ihn nur an, flüsterte, seufzte und ging wieder hinaus. Nun wies er auch das Mittagessen zurück. Das war schon höchst bedenklich. Die Alte wandte sich daher an ihren Bekannten, den Revierarzt, dem sie nur aus dem Grunde vertraute, weil er nicht trank und eine Deutsche zur Frau hatte. Aratow wunderte sich, als sie ihn zu ihm brachte; Platonida Iwanowna bat aber ihren Jascha so inständig, Paramon Paramonytsch (so hieß der Arzt) zu erlauben, ihn zu untersuchen – und wenn auch nur ihr zuliebe! –, dass Aratow einwilligte. Paramon Paramonytsch befühlte seinen Puls, ließ sich die Zunge zeigen, stellte einige Fragen und erklärte schließlich, dass er ihn auskultieren müsse. Aratow war so friedfertig gestimmt, dass er auch dies erlaubte. Der Arzt entblößte behutsam seine Brust, beklopfte sie vorsichtig, behorchte sie, murmelte etwas, verschrieb Tropfen und eine Mixtur und riet ihm, vor allen Dingen möglichst Ruhe zu bewahren und alle Aufregungen von sich fernzuhalten.

Warum nicht gar! dachte sich Aratow, Du kommst zu spät damit, mein Bester!

»Was fehlt Jascha?« fragte Platonida Iwanowna, Paramon Paramonytsch an der Schwelle einen Dreirubelschein in die Hand drückend.

Der Revierarzt, der wie alle modernen Ärzte, besonders aber diejenigen, die eine Uniform tragen, gerne mit wissenschaftlichen Fachausdrücken paradierte, erklärte ihr, dass ihr Neffe alle dioptrischen Symptome einer nervösen Kardialgie und auch etwas Febris habe.

Ну так что же? Умереть – так умереть. Смерть теперь не страшит меня нисколько. Уничтожить она меня ведь не может? Напротив, только так и там я буду счастлив... как не бы счастлив в жизни, как и она не была... Ведь мы оба – нетронутые! О, этот поцелуй!

Платонида Ивановна то и дело заходила к Аратову в комнату; не беспокоила его вопросами – только взглядывала на него, шептала, вздыхала – и уходила опять. Но вот он отказался и от обеда... Это было уже из рук вон плохо. Старушка отправилась за своим знакомым участковым лекарем, в которого она верила только потому, что человек он был непьющий и женился на немке. Аратов удивился, когда она привела его к нему; но Платонида Ивановна так настойчиво стала просить своего Яшеньку позволить Парамону Парамонычу (так звали лекаря) осмотреть его – ну хоть для нее! – что Аратов согласился. Парамон Парамоныч пощупал у него пульс, посмотрел на язык – кое-что порасспросил – и объявил, наконец, что необходимо нужно его "поавскутировать". Аратов был в таком повадливом настроении духа, что и на это согласился. Лекарь деликатно обнажил его грудь, деликатно постучал, послушал, похмыкал – прописал капли да микстуру, а главное: посоветовал быть спокойным и воздерживаться от сильных впечатлений "Вот как! – подумал Аратов... – Ну, брат, поздно хватился!"

– Что такое с Яшей? – спросила Платонида Ивановна, вручая Парамону Парамонычу на пороге двери трехрублевую ассигнацию. Участковый лекарь, который, как все современные медики, – особенно те из них, что мундир носят, – любил пощеголять учеными терминами, объявил ей, что у ее племянника все "диоптрические симптомы нервозной кардиологии – да и фебрис есть".

»Sprich doch verständlicher, Väterchen«, unterbrach ihn Platonida Iwanowna. »Mach mir mit deinem Latein keine Angst. Du bist ja nicht in der Apotheke!«

»Das Herz ist nicht in Ordnung«, erklärte der Arzt, »auch ist ein kleines Fieber da.« Und er wiederholte seinen Rat bezüglich der Ruhe und der Vermeidung von Aufregungen.

»Es ist doch nicht gefährlich?« fragte Platonida Iwanowna streng. (Pass auf: Komm mir nicht wieder mit deinem Latein!)

»Vorläufig nicht!«

Der Arzt ging, und Platonida Iwanowna wurde sehr trübsinnig. Sie ließ die Arznei aus der Apotheke holen, die Aratow aber nicht einnahm. Er wies auch den Brusttee zurück.

»Warum beunruhigen Sie sich so?« fragte er sie. »Ich versichere Sie, ich bin jetzt der glücklichste und gesündeste Mensch auf Gottes Erden!«

Platonida Iwanowna schüttelte nur den Kopf.

Gegen Abend hatte er etwas stärkeres Fieber, bestand aber darauf, dass sie nicht bei ihm blieb, sondern in ihr Zimmer schlafen ging. Platonida Iwanowna fügte sich, zog sich aber nicht aus und legte sich auch nicht hin; sie saß in einem Sessel, horchte hinaus und flüsterte ihr Gebet.

Sie begann gerade einzunicken, als ein entsetzlicher, durchdringender Schrei sie plötzlich weckte. Sie sprang auf, stürzte zu Aratow ins Kabinett und fand ihn wie gestern auf dem Boden liegen.

Diesmal kam er aber nicht zu sich, wie sehr sie sich auch um ihn bemühte. In derselben Nacht bekam er ein heftiges Fieber, zu dem sich eine Herzentzündung gesellte.

Nach einigen Tagen starb er.

"Ты, однако, батюшка, говори попроще, – отрезала Платонида Ивановна, – латынью-то не пугай; ты не в аптеке" – "Сердце не в порядке, – объяснил лекарь, – ну и лихорадочка..." – повторил свой совет насчет спокойствия и воздержания. "Да ведь опасности нет?" – с строгостью спросила Платонида Ивановна (смотри, мол, опять в латынь не заезжай!). "Пока не предвидится!"

Лекарь ушел – а Платонида Ивановна пригорюнилась... Однако послала в аптеку за лекарством, которое Аратов не принял, несмотря на ее просьбы. Он отказался также и от грудного чаю. "И чего вы так беспокоитесь, голубушка? – говорил он ей, – уверяю вас, я теперь самый здоровый и счастливый человек в целом свете!" Платонила Ивановна только головой качала. К вечеру с ним сделался небольшой жар; и все-таки он настоял на том, чтобы она не оставалась в его комнате и ушла спать к себе Платонида Ивановна повиновалась – но не разделась и не легла; села в кресло – и все прислушивалась да шептала свою молитву.

Она начала было дремать, как вдруг страшный, пронзительный крик разбудил ее. Она вскочила, бросилась в кабинет к Аратову – и по-вчерашнему нашла его лежавшим на полу.

Но он не пришел в себя по-вчерашнему, как ни бились над ним. С ним в ту же ночь сделалась горячка, усложненная воспалением сердца.

Через несколько дней он скончался.

Ein seltsamer Umstand begleitete seinen zweiten Ohnmachtsanfall. Als man ihn aufhob und ins Bett legte, fand man in seiner zusammengeballten Rechten eine Strähne schwarzer Frauenhaare. Wo kamen diese Haare her? Anna Ssemjonowna besaß wohl eine solche Strähne von Klaras Haaren; sie würde aber doch ein so kostbares Andenken nicht Aratow schenken! Oder hatte sie die Haare ins Tagebuch gelegt und damit aus Versehen Aratow gegeben?

In seinem Delirium vor dem Tode hielt er sich für Romeo nach dem Selbstmord. Er sprach von einer geschlossenen, einer vollzogenen Ehe; dass er jetzt wisse, was Wonne sei.

Am schrecklichsten war für Platoscha der Augenblick, als Aratow kurz zur Besinnung kam, sie vor seinem Bette stehen sah und sagte: »Tante, was weinst du? Weil ich sterben muss? Weißt du denn nicht, dass die Liebe stärker ist als der Tod? ... Tod! Tod, wo ist dein Stachel? Du sollst nicht weinen, du sollst dich freuen, wie ich mich freue ...«

Und das Gesicht des Sterbenden erstrahlte wieder in jenem seligen Lächeln, vor dem sich die Alte so sehr fürchtete.

Странное обстоятельство сопровождало его второй обморок. Когда его подняли и уложили, в его стиснутой правой руке оказалась небольшая прядь черных женских волос. Откуда взялись эти волосы? У Анны Семеновны была такая прядь, оставшаяся от Клары, но с какой стати было ей отдать Аратову такую для нее дорогую вещь? Разве как-нибудь в дневник она ее заложила – и не заметила, как отдала?

В предсмертном бреду Аратов называл себя Ромео после отравы, говорил о заключенном, о совершенном браке, о том, что он знает теперь, что такое наслаждение. Особенно ужасна была для Платоши минута, когда Аратов, несколько придя в себя и увидав ее возле своей постели, сказал ей:

– Тетя, что ты плачешь? Тому, что я умереть должен? Да разве ты не знаешь, что любовь сильнее смерти? Смерть! Смерть, где жало твое? Не плакать, а радоваться должно – так же, как и я радуюсь

И опять на лице умирающего засияла та блаженная улыбка, от которой так жутко становилось бедной старухе.